もう一度人生をやり直したとしても、
また君を好きになる。

JN082243

蒼山皆水

角川文庫
24244

いっそ、全部壊れてしまえばいいのに。
俺も、彼女も。
そして、どうしようもないほどに
残酷なこの世界も――。

目次

contents

プロローグ

たくさんの祝福の中を、新郎の俺は背筋を伸ばして歩く。

レンタルしたライトグレーのタキシードが重い。生地そのものの質量だけでなく、責任とか重圧とか、そういったものが染み込んでいるような、そんな気がする。

ステンドグラスから射し込む神々しい光に導かれるように、一歩。また一歩。足を踏み出して前へ進む。

打ち合わせやリハーサルなどで何度か入ったことのある空間のはずだったが、雰囲気はそのときと全然違っていた。

今の式場は、幸せだとか希望だとか、そういう輝かしくてキラキラしたもので満ちあふれていた。

続いて、新婦である美緑《みのり》が入場してくる。

純白のウェディングドレスに身を包んだ彼女は、誰もが見惚《みと》れるほどに綺麗《きれい》だった。

そんな月並みな表現しか出てこないけれど、招待客の視線も釘付《くぎづ》けになっているわけで、俺の身内贔屓《びいき》ではないと思う。

聖書の朗読。祈禱。

挙式はリハーサル通りに、つつがなく、滞りなく進んでいく。まるで、あらかじめ引かれた線をなぞるかのように。

「黒滝優弥《くろたきゆうや》さん。柳葉《やなぎば》美緑さんを妻とし、病めるときも健やかなるときも、富めるときも貧しきときも、良いときも悪いときも、これを愛し、敬い、慰め合い、共に助け合い、その命ある限り真心を尽くすことを誓いますか？」

「はい。誓います」

俺は答えた。

「柳葉美緑さん。黒滝優弥さんを夫とし、病めるときも健やかなるときも、富めるときも貧しきときも、良いときも悪いときも、これを愛し、敬い、慰め合い、共に助け合い、その命ある限り真心を尽くすことを誓いますか？」

「はい」

美緑が穏やかな微笑みを浮かべて。

「誓います」

答えた。

指輪の交換。

美緑の細い薬指に、指輪をそっとはめた。

「それでは、誓いのキスを」

神父のその言葉に、俺は体を美緑の方へ向ける。美緑も同時に、体をこちらへ向けた。

いつも以上に綺麗な最愛の女性に、呼吸すら忘れて。

ゆっくりと、美緑の顔に俺の顔を近づけていく。

唇と唇が触れる直前、彼女のそれが小さく開いて。


「幸せにしてね。優弥」


俺にだけ聞こえる声で言った。

ああ、幸せにするさ。俺は心の中で答えた。

無力感と喪失感を、微笑の仮面に押し込めて。

彼女の唇に——そっと触れた。

この時点ですでに、とんでもない犠牲を払ってるんだ。

大切でかけがえのないものと引き換えに、美緑を幸せにするため、俺は今日、ここに立っている。

誓いのキスを終えると、今日何度目かわからない祝福の拍手が降り注ぐ。

照れたように微笑む彼女は、誰が何と言おうと世界で一番綺麗で、俺はその姿を目に焼きつけるように見つめた。

挙式は、予定通りに問題なく終了した。

華やかな白い花びらのシャワーを浴びながら、俺と美緑はバージンロードを歩いて退場する。

これ以上ないくらいに幸せな気持ちが募る。

結局のところ人間は、矛盾を抱えた生き物で。相反する感情が同居する心は、懸命にそれを処理しようとする脳に抗って、引き裂かれるほどの痛みを生む。

この先に待ち受ける悲劇に——俺は果たして耐えられるのだろうか。

タキシードが息苦しい。

俺の判断は正しかったのだろうか。

何か、別の方法はなかったのだろうか。

自問自答をすればするほど、答えから遠ざかっているような感覚を抱く。

どんな選択をしようとも、すぐ先に待ち受けているのは、どうしようもないほどに残酷な結末で。

でも、それはまだ、俺たちしか知らなくていい。

今はただ、彼女の幸せを強く願う。

第一章

彼女がいない
世界なんて、
俺にとっては
何の意味も
ないのだから。

1

中学のときから好きだった、初恋の人と結婚して三年。

今でもたまに、俺が生きているこの世界は、実は夢なんじゃないかと怖くなる。

目が覚めたら、彼女のいない現実が待ち受けているかもしれない。

彼女の姿は俺の妄想で、本当は実在していないのかもしれない。

そんなふうに疑ってしまうほどに、現実味がない浮ついた日々だった。自分でもバカげていると思うけど。

でも、彼女とこうして夫婦になれるということは、俺の中でそのくらい奇跡的なことなのだ。

それ以上でも以下でもなく、俺はただ幸せだった。

そして、この幸せがいつまでも続けばいいと、心から願っていた。

俺が柳葉美緑のことを好きになったのは、中学生のときだった。

小学校から中学校へ進学して数ヵ月が経つと、いつの間にか、教室は恋の話で満たされていた。

誰が誰のことを好きだとか、このクラスの女子だったら誰が一番可愛いかとか、そんな話をよく耳にするようになった。

この前まで、人気のアニメや発売したばかりのゲームの話をしていた同級生までもが、恋の話をするようになっていた。

あまりにも自然に移り変わるものだから、好きなアニメやゲームの話と恋の話は、きっとグラデーションに彩られてつながっているのだろうと思ったりもした。

俺もクラスメイトに、好きな人いる？　とか、このクラスの女子だったら誰がいい？　なんて中学生にありがちな質問を投げかけられたことはあった。けれどそういった質問に、俺はきちんと答えられず、曖昧《あいまい》にはぐらかしていた。

恋愛に興味がなかったわけではないけれど、誰かを好きになるとか、恋人ができるとか、そういう類のことは、俺にとってはずっと先の話だと思っていたからだ。

しかし、初恋は突然やってくる。

俺の初恋の相手——柳葉美緑は、至って普通の女子だった。

勉強はそれなりにできる。運動はちょっと苦手。クラスではあまり目立つ方ではないけれど、友達はそこそこ多い。他人と話すときはいつも笑顔で、先生にも好かれているようだった。

気がつくと、俺は彼女のことを目で追うようになっていた。彼女の笑顔やしぐさに、胸の奥が温かくなる。その感情が恋だと自覚するまでに、数カ月を要した。

しかし、初めての感情を前に、俺はどうしていいかわからなかった。距離を縮めようにも、なかなか自分から話しかけることができない。誰かに相談するのも恥ずかしい。けれど言い訳させてもらうと、男子中学生なんて、みんなそんなものだと思う。

何一つ進展のない初恋を引きずったまま、俺は高校生になった。

志望校で迷っていたときに、美緑の第一志望が、俺の志望校の選択肢のうちの一つだと知った。そこからは志望校を一つに絞って勉強した。今思い返しても不純な動機だったと思う。このことはまだ本人にも言っていない。

高校生になって、俺は美緑と仲良くなることに成功した。同じ中学校だったという事実を理由に、積極的にアプローチしたのだ。

休み時間に話したり、一緒に下校するときに寄り道したり、デートらしきものも何回かした。

二年生になるタイミングで、俺は勇気を出して告白した。

「好きです」

たった四文字。その四文字を言葉にするだけなのに、心臓が爆発しそうだった。あの感覚は、今でも昨日のことのように覚えている。

美緑の方も、俺のことが気になっていたそうだ。そのことを聞いたときには驚いた。そして、それ以上に嬉《うれ》しかった。

世界が変わったような気がした。

大学では遠距離にもなったし、小さな喧嘩《けんか》もたくさんあったけれど、おおむね順調に交際を続けた俺たちは、三年前に結婚した。

「俺が、美緑のことを幸せにします。結婚してください」

そんな、何の変哲もないプロポーズをした俺に、美緑は、

「うん。二人で幸せになろうね」

そう返してくれた。

仮にもう一度人生があったとしても、俺は美緑に恋をする。

これは予想でも願望でもなく、強い確信だった。

そして美緑の方も、俺と同じように思ってくれているのだとしたら、これほど素晴らしいことはない。

2

夜の十一時前。

俺は居間でノートパソコンを操作していた。カタカタカタカタ、とキーボードの打鍵音《だけん》が響く。

会社から持ち帰った仕事だった。

俺の職場は大きくも小さくもない、どこにでもあるようなIT企業だ。工学部の情報系の学科を卒業した俺は、就活を適当にこなし、内定をもらった中で一番緩そうなその職場でシステムエンジニアとして働いている。

今のところ、これといって大きな不満もないし、上司からパワハラを受けたり人間関係に疲れたりとか、そういったこともない。忙しいときは少し仕事の量が増えるけど、それでも十分に自分の時間が取れる。

大学時代の友人が、会社や上司についてSNSで愚痴を漏らしているのを見ると、かなり良い職場なのではないだろうかと思う。

ごくたまに、今日のように職場で終わらなかった仕事を持ち帰ることがあるのだが、同僚に、なぜ残業しないのかとよく不思議がられる。

これは完全に自分の問題なのだが、俺は残業というものが苦手だった。

周りから聞こえるキーボードを叩《たた》く音が自分を急き立てているように感じ、どうも集中力がもたない。また、通常の業務に比べると、周りの人間から焦りが感じられ、それがこちらまで伝染してくるようなイメージがある。

つまり、バタバタしている職場よりも、静かな自宅の方が落ち着いて仕事ができるというわけだ。

現在開発しているシステムは、納期まではまだ時間があるけれど、直前になって焦るのは嫌いだった。コツコツと作業を進めていく方がいい。昔から俺はそういうタイプだった。

「ふぅ」

キーボードを叩くのをいったん止め、細く息を吐き出す。

これでもなかったか……。

エラーの原因がわからなくて困っていた。

怪しい部分を書き換えてみても思い通りに動いてくれない、という流れをすでに五回ほど繰り返している。

このシステムを構築しているプログラミング言語は、まだ使い慣れていないものだった。これ以上は、俺の知識ではエラーの原因に見当がつかない。ネットで調べながらそれらしき部分を一つずつ修正していかなくては……。先が思いやられる。

「はい、コーヒー」

俺がどんよりした気分に浸っていると、頭上から聞き慣れた声が降ってきた。妻の美緑のものだ。遅れて、ほのかなシャンプーの香りが届く。爽《さわ》やかな柑橘《かんきつ》系のいい香り。

「さんきゅ」

ちょうどいいタイミングで運ばれてきたコーヒーに感謝しつつ、美緑のお気に入りのゆるキャラがデザインされたマグカップを受け取る。

彼女は俺の対面に座って、文庫本を読み始めた。

食事も入浴も終えて、普段は一つ結びにしている髪を下ろしたパジャマ姿の美緑が、慣れた手つきで丁寧にページを捲《めく》る。残りのページの厚さから察するに、物語の中盤辺りだろう。

俺は美緑の淹れてくれたコーヒーを口に含んだ。

口の中に広がった熱くて甘い液体を舌でもてあそぶと、疲れが溶けていくような感覚が全身に広がっていく。

今回みたいに、俺の分のコーヒーを美緑が淹れることもあれば、俺が美緑の分を用意することもある。

俺が甘めで美緑がブラック。俺の好みの砂糖とミルクの量は、美緑も熟知している。もちろん、俺も彼女の好みは完璧《かんぺき》に把握していた。

濃厚な香りとまろやかな甘さを感じながら、俺はディスプレイとのにらめっこを再開する。

ずっと同じ姿勢でいると、体が痛くなる。もう年か、などと思いながら、俺はぐっと背伸びをした。

すぐ近くの棚から、チョコレートのお菓子を取り出して口に入れる。

「美緑も食べる？」

まだ半分以上残っている袋を差し出す。

「ん。ありがと」

小さな手が伸びてきて、個包装されたチョコレートをつまんだ。

数分後、ようやくエラーの原因らしき部分が見つかり、修正作業に入った。

俺がその作業をしている間、美緑は話しかけてくることなく、静かに読書を続けていた。

絵に描いたような理想の夫婦だと、我ながら思う。

籍を入れ、一緒に住み始めてから三年が経つ。お互いの仕事にも余裕が出てきた。

そろそろ子どもが欲しいね、なんて会話もするようになった。

この先もずっと、彼女と暮らしていくのだろう。もはや確信に近い俺の想像は、とても素敵で、とても幸せなことだ。

3

美緑は幼稚園で働いている。幸いなことに職場は家から近いが、それでも朝の七時には家を出なくてはならない。

幼稚園児の面倒なんて見たことのない俺でも、幼稚園教諭の大変さは何となくだけど理解できる。

まだ小さい子どもを預かっているということは、責任だって重大だ。そんな仕事に愚痴の一つもこぼさず、家でも笑顔を絶やさない美緑は、自慢の妻であると同時に、人間として尊敬もしていた。

その上、毎日俺の弁当まで作ってくれているのだから、もう頭が上がらない。

少しでも美緑の負担を減らそうと、家事を手伝ったりしてみたこともあった。しかし、掃除機でビニール袋を吸って詰まらせたり、電子レンジで卵を爆発させたりと、手伝うどころか余計な仕事を増やしてしまっていた。

そんなわけで残念ながら、俺ができることといえば、風呂《ふろ》の掃除と皿洗いくらいだ。

「私、家事は好きだから。気にしないで」

美緑はそう言ってくれているが……。

気づくと時計の短針は十一を過ぎていて、もうすぐてっぺんに差しかかろうとしていた。

疲れは効率的な作業の敵だ。

目も肩も痛くなってきたし、思考も鈍くなってきた。あともう少し進めたら寝よう。

美緑はまだ目の前で読書にふけっている。

「先に寝てなよ。明日《あした》も早いんでしょ」

さりげない口調で俺は言った。

しかし美緑は、

「ん、まだ起きてる。この本の続きも気になるし」

と、文庫本に目を落としたまま答えた。

残りのページ数が少なくなっている。ちょうどクライマックス辺りだろうか。

おそらく彼女の言うことは本当なのだろう。美緑は、俺が仕事に追われて遅くまで起きているからといって、寝ずに待っているなどと気を遣うようなことはしない。そしてそれは俺も同様だ。

俺たちはお互いを思いやりながらも、自分の時間を大切にして結婚生活を送っている。

ちらりと彼女の方を見る。

内側に癖のついた髪に、シャープな輪郭の顔が収まっている。綺麗《きれい》な薄茶色の瞳《ひとみ》も、長いまつげも、本人が気にしている少し低い鼻も、その全てが愛しい。

見られていることに気づいたのか、彼女は視線を上げると小さく微笑んだ。

自分にはもったいないくらいの、最高のパートナーだと思う。

だからというわけではないけれど、感謝の気持ちを忘れずに、全力で大切にしようと、俺は常に思っている。

途中で二杯目のコーヒーを淹れつつ、美緑は文庫本を読み終え、閉じてテーブルに置いた。満足げな表情をしているから、きっと面白かったのだろう。彼女は目を細めながら、綺麗な指を組んで天井に向け、ぐぐぐっと背伸びをした。

その瞬間、テーブルの上に無造作に置かれたスマホが震えた。美緑はスマホを手に取り、自分の元へと引き寄せようとして——。

「あっ」

俺が気づいたときには遅かった。

彼女の腕がマグカップに当たり、倒れる。つい数分前に淹れたコーヒーがこぼれた。

「あっ」

こちらは美緑の口から発せられた声。

まだ残っていた茶色の液体が、テーブルの上に流れて広がり、彼女の膝《ひざ》へ――。

「熱っ……」

膝を押さえて顔をしかめる彼女を見て、俺は能力を使った。

戻す時間は五秒間――。


五秒前と、一ミリたりとも違わず同じ場面。再び美緑のスマホが震える。ここで言う、再び、というのは俺にとってだが。

美緑のスマホをつかんだ手が、先ほどと同様にマグカップに当たりそうに――。

「おっと」

今度はしっかり反応して、美緑の腕が当たる前にマグカップをどけた。

「あっと、危なかった。ありがと」

「ん、気をつけて」

時間を巻き戻すことのできる力。

俺はまだ、この不思議な力のことを誰にも言っていない。もちろん、美緑にも。

きっとこのまま、誰にも言うことはないのだろう。

4

俺がこの力を手に入れたのは、中学三年生のときだった。といっても、いきなり力に目覚めたわけではない。神様を助けたのがきっかけだった。

風が心地の良い春の日だった。土曜日で授業はなかったが、部活動はあった。陸上部の練習を午前で終えた、中学校からの帰り道。

それなりに進路に悩んだり、他人の目を気にしてみたり。自分が生まれてきた意味とか、答えの見つからない命題について真面目に考えてみたり……。

というような感じで、俺はごく普通の一般的な中学生を生きていた。

そんな何の変哲もない日常に、非日常は突然やってきたのだ。

交差点。カーブミラーで、左から車が接近していることを確認し、足を止める。明後日《あさって》までの宿題が終わってないなぁとか、あの漫画の最新刊はいつ発売だっけとか、退屈な下校中にふさわしい退屈な事柄をボヤっと考えながら、信号が青に変わるのを待っていた。

目線より数センチ上にある塀の上を、黒い何かが横切って――。

俺は反射的に視線を向けた。

狭い塀の上を、四本足で器用に疾走する小さな体軀。その正体は黒猫だった。

黒猫は軽やかな身のこなしで塀から飛び降りると、そのまま道路に飛び出していく。

しかし、左側からは車が迫っていた。

猫は車を見て、驚いたように動きを止めた。

このままだとはねられてしまう。

考えるよりも早く、危険だと感じた。

「危なっ！」

気づいたときには、体が動いていた。

黒猫の後ろから道路に飛び出す。

映像がスローモーションになる。

前方に伸ばした手で猫を抱きかかえ、地面を転がりながら、急ブレーキの音を聞く。

「大丈夫かっ⁉」

俺は腕の中に問いかける。

にゃ～ん、と緊張感のない声でそいつは鳴いた。よかった。無事みたいだ。安堵《あんど》のため息が漏れる。

「ったく。お前、今死ぬとこだったんだぞ」

なんて言ってみても、もちろん通じるはずもなく、黒猫は俺の腕からすり抜けて地面に降り立った。呑気な顔しやがって……。

車の運転手は窓を開けて顔を覗《のぞ》かせる。四十代くらいの男だった。俺の無事を確認すると、舌打ちと「危ねえな。気ぃつけろよ」という台詞《せりふ》を残してすぐに走り去ってしまった。

そりゃ、飛び出したのはこっちだけど、もう少し心配してくれてもいいんじゃないだろうか。ああいう冷たい大人にはならないようにしよう。

立ち上がって手足を動かしてみると、

「いっ……」

右足首に痛みが走った。

折れてはいないようだが、歩くたびにズキズキした痛みを感じる。捻挫《ねんざ》をしてしまったかもしれない。

なぁ～。腕の中から解き放たれた猫が、俺の方を見て鳴いた。

「ああ、大丈夫。ちょっと捻《ひね》っただけだから」

心配そうに俺の顔を見てくるものだから、つい答えてしまう。

いつもは動物に話しかけるようなことはしないけど、こいつとは意思疎通が図れているような気がする。

もしかして、人間の言葉を理解しているんじゃないだろうか。そんなバカなことを考えてしまう。

首輪はついていないから、野良猫のようだ。

猫は俺の足元にすり寄ってくると、負傷した右足首を舐《な》めた。

「ありがとな」

その心遣いが嬉《うれ》しくて、俺は再びしゃがんで黒猫の頭を撫《な》でた。

なぁ〜ん、と猫も気持ちよさそうに、されるがままになっている。

調子に乗ってあごの方も撫でてみる。猫は拒否することなく、ゴロゴロと喉《のど》を鳴らして幸せそうな表情。

ずいぶん人間慣れしているなと感心したが、まったく警戒しないのもどうかと思う。

「じゃ、俺は行くから。車にひかれないように気をつけろよ」

そう言って立ち上がった瞬間、違和感が全身を支配する。右足首の痛みが、綺《き》麗《れい》さっぱり消えていたのだ。

「あれ……」

一瞬で治癒したのだろうか。いや、さっきまで歩けるかどうかすらわからないほどに痛かったのだ。それはあり得ない……。

動揺していて、痛みの発生源を左足と間違えていた？　そんな可能性の薄い仮説まで持ち出し、左足に異常がないことを確認してそれを否定したところで、さらに驚きが上乗せされる。

——治ったか？

音に一本、しっかりした芯《しん》が通っていて、それでいて透き通るような綺麗な声。それが、頭の中に響いたのだ。

耳で聞き取ったものとは明らかに違うその声に狼狽《ろうばい》しながら、俺は辺りを見回す。

どこにも人の気配はない。

視線を上に向けても、気持ちいいほどに晴れ渡った青空しか映らない。

ならば、下か？

さっき助けた黒猫が、じっと俺を見つめている。

「まさか、お前か？」

あり得ないとは思いながらも、黒猫に向かって言葉を発してみる。

——いかにも。

再び、明瞭《めいりょう》な声が頭の中に直接響いた。

「うわっ！」

思わず後ずさる。

——先ほどは助かった。感謝する。

「なっ、何なんだよお前は⁉」

ただの黒猫でないことは確かだ。

——ワタシか。ワタシは神だ。

もっと子どもだったら、怖くて逃げていただろう。

もっと大人だったら、疲労が原因で幻聴が聞こえる、などと思って無視しただろう。

中学生という不安定な時期だったからこそ、俺は何とか現実を受け止めることができたのかもしれない。

頭の中に声が響いて、その声の正体は黒猫で……その黒猫が神を名乗っている。

どうにかこの現状を脳内で処理しようとしていたが、完全に理解の範囲を超えている。思考がまったく追いつかない。

黒猫が俺の頭に直接語りかけてくる。もし身近な誰かが大真面目な顔でそんなことを言ってきたら、俺は確実に精神的な病を心配することだろう。

5

——さて、そろそろ冷静になってもらえたか。

「なれるかっ！」

——まあ、とりあえず話だけでも聞いてくれ。

営業マンみたいなことを言って、胡散臭《うさんくさ》い猫は話し出した。

俺は数分間、黒猫の話を聞いた。

まず結論から言うと、この世界にはたくさんの神様が存在する。

神様を信じていない人間なんて大勢いるし、俺もその中の一人だった。ついさっきまでは。

そして神様は、多種多様な動物としてこの世界に紛れているという。猫以外にも、犬やハムスター、ペンギンや金魚など。人間と接点のある動物が多いらしい。

テレビや雑誌で取り上げられている怪奇現象の一部は、いたずら好きの神様の仕業。宗教などで「神の声が聞こえる」なんて言ってる人間のうち、一割弱は本当に神とのつながりを持っている。

「んなこと信じられるか!?」

話を聞き終えた俺の第一声はそれだった。しかし実のところ、半信半疑、いや、七信三疑くらいか。

実際に、謎の声が頭の中に響いてくるのだから、信じないわけにもいかない。

それに痛めた足首が治っていたことも、常識から大きく外れた何かの影響でもない限り説明がつかない。

神様が車にはねられそうになるかよ！　というツッコミはこの際置いておいて、本当に神様が存在するのか、今いる世界が夢の中なのか、精神がおかしくなってしまったのかのどれかだった。

夢にしては景色ははっきりと見えるし、精神も正常だと自分では認識している。

故に、この黒猫は本当に神様であるという結論に達するわけだ。不本意ながら。

それでもやはり、にわかには信じられない。懐疑的な視線を送っていると、黒猫は言った。

――さて、貴様に力をやろう。

「力？」

――ああ。神が人間に助けてもらったときには、謝礼として神の持つ力を渡すことが慣例になっている。人間も神に何かを頼むとき、お供え物をするだろう。それと一緒だ。

「へぇ」

単純な男子中学生の俺は、力という響きに少し惹《ひ》かれてしまった。

「で、どんな力をもらえるんだ？　歯磨き粉を最後まで絞り出せる力？　それとも、割りばしを綺麗に割れる力？」

――ふっ。そんなちゃちなものではない。

神様は俺の冗談めかした発言を一蹴《いっしゅう》して。

――時間を巻き戻す力だ。

そう言った。

「そんなもの、あるわけないだろ」

――なぜそう言い切れる。

「常識的に考えてだよ。まあ、お前とこうやって会話ができちまってる時点で常識も何もないけどさ。それに、百歩譲ってお前が神で、千歩譲ってそんな力を持ってたとしたら、さっき使ってればよかったじゃねえか」

――あっ……。

人間のくせになかなかやるではないか。黒猫の顔には、そう書いてあった。

「……」

――それはだな、貴様を試すためだ。そもそも力など使わずとも、疾風のごときワタシの瞬発力があれば、あんなのろまな車など余裕で避けられた……はず……だ。

漫画だったら確実に、黒猫の額には冷や汗が流れているだろう。

「俺にはお前が驚いて固まってるように見えたけど」

――何だと⁉　証拠はあるのか⁉

シャー、と威嚇しながら、猫は俺の脳内に怒ったような声を響かせた。

「ってかさ、気高い口調で話してるけど、お前結構ドジっ子だろ。車にひかれそうになったり、自分の力を忘れてたり……」

――なっなっななな何を言う！　ワタシは正真正銘、気高い神様だ！　バカにするのもたいがいにしろっ！

気高い神は自分で気高いって言わないと思う。

俺はいつの間にか、自然に神様の存在を認めてしまっていた。うっすらと抱いていた恐怖も、どこかへ行ってしまっていた。

それにしても、人通りが少なくてよかった。俺は今、野良猫に話しかける危ないヤツになってしまっている。

「はいはい。で、何だって？　時間を巻き戻す力だっけ？」

――そうだ。早速力を渡すぞ。

そう言って、黒猫は数秒黙りこくったが、俺は何も変化を感じられなかった。

いい。

「いや、全然わかんねえ」

――なら、そこの石を蹴飛《けと》ばしてすぐに力を使ってみろ。使うときは念じるだけでいい。

俺はしぶしぶ、黒猫の指示に従った。

足元の石を蹴飛ばして、三秒前へ戻れと念じる。

すると、目が回るような、脳が揺れるような、不思議な感覚に陥って。

足元には、先ほど蹴飛ばしたはずの石が落ちていた。

――どうだ。

「……たしかに、戻ってる」

猫にもドヤ顔ってあるんだな。俺はそんなどうでもいいことを考えていた。

――気をつけてほしいのだが、この力には副作用がある。ああ、今使った分はカウントされないから安心しろ。

「副作用？」

――ああ。それはだな……。

黒猫はこの力の副作用について説明を始めた。ところが、黒猫は説明があまり上手ではないようで、俺はところどころ質問を挟み整理しながら聞くことになった。

副作用について、一言でまとめるとこうなる。

巻き戻した時間の、五倍の寿命が失われる。

例えば、一分の時間を巻き戻せば五分だけ、一年の時間を巻き戻せば五年だけ寿命が縮むというわけだ。かといって、巻き戻した分だけ年齢が元に戻るかといえばそうでもないらしい。二十歳の状態で残りの寿命が六十年だった場合、十年の時間を巻き戻すと、巻き戻した時点から十年しか生きられないということだ。

「……なるほどな」

その内容を理解した俺は、納得した。

それは副作用というよりも、リスクや代償と言った方がしっくりくるものだった。時間を巻き戻すという、人生すら変えられそうな力とは釣り合いがとれているように思う。

――それと、力を使って過去に戻っている間は、そこからさらに力を使うことはできなくなる。

「どういうことだ？」

わかったような、わからないような……。

――例えば、貴様が力を使って五分だけ巻き戻したとする。その場合、戻った瞬間から五分間は新しく力を使えないということだ。

「ああ、そういうことか」

その例を聞くと理解できた。重複して力を使えないということらしい。

副作用などの制限はあるが、間違った使い方さえしなければ、あらゆる場面で大小様々な失敗をリセットすることができる、非常に便利な力だと思う。

――ちなみにもう一つ、大事なことを言っておく。この力を自分のために悪用した場合、貴様の魂は消滅する。

「魂が、消滅……」

人間の言葉を操り、脳に直接語りかけてくる黒猫が言うと、そんなスピリチュアルな台詞《せりふ》も、笑い飛ばせる類の脅しではなくなる。

「で、その悪用ってのは？」

――ああ。競馬や宝くじなど、金銭に関わること。あとは、入学試験や就職活動だ。はっきり分けるのは難しいが、誰にも迷惑のかからない範囲で使えば問題はない。

なるほど。少し安心した。

「そんなことはしねえよ」

俺は曲がったことは嫌いだ。

――その点はワタシも信用している。これでも人を見る目は確かだ。

認めてくれたみたいで、ちょっと嬉《うれ》しかった。

──それではまた会おう。

最後にそう言うと、黒猫は素早い動きでどこかへ去っていった。


と、そんな感じで、俺は力を手に入れた。

しかし、黒猫、もとい神様の言っていた通り、この力には副作用がある。

巻き戻した時間の、五倍の長さの寿命が代償として縮められてしまう。

つまり、先ほど美緑がコーヒーをこぼしたときは五秒ほど時間を巻き戻したわけだが、それによって俺の寿命は二十五秒縮んだことになる。

たかがコーヒーをこぼしたくらいで、貴重な寿命を犠牲にしていることになる。

しかし、美緑はコーヒーを膝《ひざ》にこぼしてしまっていた。火傷《やけど》を負っていたかもしれない。それに、こぼしたコーヒーを拭《ふ》く時間を考えればどうだろうか。確実に二十五秒以上の時間が必要だろう。つまり、俺は力を使うことで時間の節約もしたことになる。

これまで、何回か能力を使ってきたが、そのいずれも結果的にプラスになることを確信していた。

仕事で大事なデータの編集中にいきなりパソコンがフリーズしてしまったときや、家の鍵《かぎ》をかけたかどうか忘れたときなど。

いずれも五分以下の短い時間だ。その代償は合計しても一日に満たないはずだ。

もちろん、大事な試験やギャンブルなどでの悪用もしていない。

俺はそんなふうに、時間を巻き戻す力を、人生におけるちょっと変わったアドバンテージと考え、時間の節約に使っていた。

黒猫の姿をした神様は、あれ以来俺の前に姿を現さない。きっと野良猫らしく、どこかで自由に生きているのだろう。

6

駅前に建つ、五階建ての古びたビル。ちょうど真ん中の三階。

俺の勤める企業のオフィスは、いかにもそれっぽい場所に収まっている。

服装はかなり自由で、きっちりしたスーツから、地味な大学生風のファッション、くたびれたジャージまで様々だ。

時刻は正午を少し過ぎたところ。作業をしている者は約半数。普段から全体的に緩い雰囲気のオフィスだが、一日の中でより一層穏やかになる時間帯だ。

コーヒーの香りや、お菓子の甘い匂いが漂ってくる。

キーボードを叩《たた》く音に混じって聞こえる雑談の声からも、かなり自由な社風がうかがえる。

だからといって、会社として機能していないわけではない。不真面目な人間もごく少数いるにはいるが、基本的には自分に与えられた仕事はき基本的には自分に与えられた仕事はきっちりこなすタイプの社員がほとんどだ。

仕事がきりの良い場所まで進んだところで、俺は休憩をとることにした。

休憩も各自好きなタイミングでとることになっている。連れ立って外に食べに行く人もいるが、俺は基本的にデスクで一人飯だ。

美緑の作ってくれた弁当を開ける。昨日のおかずの残りと白米。いつも通りのメニューだ。決して手が込んでいるわけではないが、朝早くに用意してもらっている手前、文句は言えないし言うつもりもない。味も問題ないどころか、そこら辺の定食屋やファミレスよりも美味《おい》しい。

美緑の手作りの幸福が、作業中には自分でも気づかなかった空腹を満たしていく。

弁当を食べ終えると、ペットボトルの緑茶を飲んで一息ついた。

いつもならば、昼食の後はすぐに作業に取りかかるのだが、今日はどうも気分が乗らない。うっすらと眠気も感じる。

あと十分くらい休んだら再開しよう。椅子から立ち上がり、大きく伸びをする。ストン、と再度着席し、大きく息を吐き出す。

ネットニュースでも見るか。

俺はポケットからスマホを取り出す。電源を入れて画面を表示すると、三件の着信があった。

約五分おきにかかってきているようで、その全てが美緑からだった。

どうしたのだろうか。

美緑とは普段から、メッセージのやり取りはよくしている。しかし、平日の昼間に着信があるというようなことは初めてだった。

二人の間で、仕事中に電話をするのは緊急を要する場合だけだと決めてある。

背筋に冷たいものが走り、心臓が早鐘を打つ。

眠気は吹き飛んだ。

悪い予感が全身を駆け巡る。

こちらからかけ直そうとした、ちょうどその瞬間。スマホが、美緑からの四回目の着信を知らせた。

震える指ですぐに応答し、廊下に出る。

頼む。くだらない用事であってくれ。操作ミスでも何でもいい。とにかく無事でいてくれ。

美緑の身に何事もないことを心で強く祈りながら、スマホを耳に当てる。

「……はい」

自分の心臓の音が聞こえる。

〈もしもし〉

電話に応答した声は、美緑のものではなかった。

この時点ですでに、俺の不安は最高潮に達していた。

視界が揺れて、バランスを崩しそうになる。壁に手をついて、どうにか自分の体を支える。

「あの、ええと――」

おそるおそる声を出す。

〈柚木《ゆずき》病院です〉

電話の相手は、名乗ろうとする俺に構うことなく言った。

病院……。緊急事態……。電話に出たのは美緑ではない人間。つまり本人は、声が出せない状態――？

〈落ち着いて聞いてください〉

その言葉がすでに、落ち着いていられないような状況にあることを示していた。

〈あなたの奥様の美緑さんですが――〉

だめだ。その先を言わないでくれ。

相手の言葉を聞く前に、俺は階段を駆け下りていた。

視界と思考が真っ白に染まる。

気づいたときには、タクシーの中にいた。

オフィスを出て駅前まで全力疾走し、タクシーを拾って行き先を告げたことはうっすらと覚えている。

息を切らせて虚ろな表情をしている俺を、五十代と思しき運転手は、ミラー越しに怪訝《けげん》そうに見ている。

告げた行き先と俺の様子から、ただ事ではないと感じ取って、運転手もできる限り急いでくれているようだった。

赤信号がもどかしい。

やっとのことで柚木病院に到着する。実際には三十分もかかっていないはずだが、俺には一時間にも二時間にも感じられた。

「ありがとうございましたっ！」

俺は早口で告げると運転手に万札を一枚渡し、お釣りは受け取らずに急いで外に出る。

病院の入り口を目指して走った。落ち着いてきていた心臓が、再び強く脈打つ。

受付で名乗り、看護師に案内される。俺の焦った様子に、看護師は早歩きで先導してくれた。

集中治療室の前で待つこと数分。生きた心地がしなかった。

俺は祈ることしかできなかった。組んだ両手を額に当てて、現実を直視するのを拒むように、目をギュッと閉じる。

しばらくそのままの体勢でいた。

なるべく何も考えずにいようと思ったが、どうしても最悪の想像だけが脳裏をよぎる。

治療室のドアが開き、白衣に身を包んだ医師が現れた。眼鏡をかけた優しげな雰囲気の男性。その表情からは何も読み取れない。

男はこちらを見ると、俺の名前を確認した。

俺がうなずくと、医師は――絶望を告げた。

「できる限り、救命処置は行ったのですが……。残念ながら……」

世界が、崩れていく。

思考が、壊れていく。

「運ばれてきたときには、もうほとんど助かる見込みはありませんでした……」

その後、医師が何か話していたのは聞き取れたが、状況を受け入れることを放棄した脳では、何一つ意味を理解することはできなかった。

世界は俺から、最愛の人を奪った。

7

ふざけんな。美緑を返せ。どうして美緑が死ななくちゃいけないんだ！

そう怒り狂いながら、目の前の医師につかみかかることもできた。それくらいの、世の中の理不尽に対する怒りはあった。

けれども、そんなことをしたって、美緑は戻ってこないこともわかっていた。ただ、悲しさが増すだけだ。

ある程度冷静になった俺は、医師から説明を受けた。

職場である幼稚園で、彼女はいきなり倒れた。同僚の通報によって救急車が呼ばれ、この病院に運ばれたらしい。

脳の血管が細くなっていて、そこに血液が詰まってしまい……。

そんなことを医師は言っていたが、細かいことはあまり聞いていなかった。

もはや、死因なんてどうでもよかった。美緑がこの世界からいなくなってしまったということだけで、俺が絶望するには十分だった。

その後は、医師や看護師に心配されながらも病院を後にした。

どうやって家に帰ったのかも忘れてしまった。

気づいたときには、俺は自宅のリビングでソファに座り、静かに涙を流していた。

これがただの悪い夢であったら、どれだけよかっただろうか。

本棚に詰め込まれている本は、七割以上が美緑のものだった。彼女は、寝る前には決まって本を読んでいた。

床にはゴミの一つも見当たらない。綺麗《きれいず》好きな美緑は、いつも楽しそうに鼻歌を歌いながら掃除機をかけていた。

出窓に飾られたラベンダーの鉢植えは、去年の結婚記念日に俺がプレゼントしたものだ。美緑は慈愛に満ちた表情で、毎日欠かさずに水をやっていた。

今座っているソファも、美緑が選んだものだ。かなり高い値段を見て、俺はもっと安いのでいいじゃないかと反対したが、珍しく美緑は自分の意見を押した。結局、座り心地が良くて俺も気に入った。

この家にいると、嫌でも美緑の痕跡《こんせき》が目に入る。

だからといって、家の外に出る気力もない。

今になって喪失感がこみあげてくる。その喪失感を体の外に追い出すかのように、あふれる涙は止まらなかった。

俺の幸せだった世界は、呆気《あっけ》ないほど簡単に反転してしまった。

そしてこのときはまだ、俺自身が奥の手を持っていることも、頭から抜け落ちてしまっていた。


美緑の死から数日後、彼女の葬式が執り行われた。

美緑の両親や、美緑の弟である翼《つばさ》に手伝ってもらい、彼女と別れる準備を整える。

美緑の両親は、目の下に濃い隈《くま》を作って、まるでロボットみたいに淡々と動いていた。感情を全て殺しているように、俺の目には映った。

僧侶《そうりょ》の読経《どきょう》。会場のあちこちからすすり泣きが聞こえた。美緑がたくさんの人に愛されていたことを、そこで改めて思い知る。

美緑の母親はとうとう耐えられなくなったらしく、まるでダムが決壊したかのように、激しくむせび泣き始めた。その隣の父親も、左手で妻の背中をさすりながら、右手で顔を覆っている。

美緑の両親は、とても温かい人たちだった。美緑と結婚した俺に対しても、実の息子のように接してくれた。

読経が終わると、焼香の時間となった。

美緑の死を悼む人が、香を焚《た》いて合掌していく。一人ひとりに頭を下げる。俺と美緑は同じ中学、高校ということもあってか、見知った顔が多かった。

砂生彩楓《さそうあやか》も、そのうちの一人だった。同じ高校で、美緑と仲の良かった女子。その関係で、俺も彼女とは親しくしていた。今の彩楓は、普段の凜とした様子が嘘のように、瞼《まぶた》を腫《は》らしている。

葬式が終わった後、何人かの知人から様々な言葉をかけられた。そのほとんどが慰めるような内容で、俺はそれを流すように聞き、上辺だけの返事をしていた。

一番心に残っていたのは、ある男からの衝撃的な台詞《せりふ》だった。その言葉は、まるで追い打ちのように、俺の心を強く揺らした。

「俺も、好きだったんだ……」

誰のことが、とは言わなかったが、すぐに美緑のことだとわかった。

その男は、中学、高校が一緒の、仲の良かった男子だ。美緑ともよく話していたが、恋愛感情を持っていたとは思わなかった。

彼の台詞には、俺に対する非難が含まれているような気がした。

——お前のせいで美緑は死んだんだ。お前が、ちゃんと美緑を守ってやれなかったから。

美緑の死は、俺がどうあがこうと阻止できるようなものではなかった。

それがわかっていても、罪悪感と自己嫌悪でどうにかなりそうだった。

胸にぽっかり穴が空いたとか、そんな言葉ではとても表せないほどに、俺は自身の存在価値を見失っていた。

愛する人のいなくなった世界で、生きている意味なんて一つもない。

けれども死ぬ気力もない。

空っぽのままで葬式を終え、やってきたのは今まで以上の寂寥《せきりよう》感と喪失感だった。

これまで生きてきた意味が、これから生きていく理由が、俺の中から失われてしまった。

美緑の命は二十五年で終わった。

彼女は、もっと生きて、もっと色々なものを見て、聞いて、体験するはずだった。

俺が、彼女をもっと幸せにするはずだった。

あまりにも理不尽すぎる運命を、強く呪った。

美緑の葬式が始まる前から、ずっと考えていたことがある。

俺は特別な力を持っている。それを使えば、美緑を助けることができる。その特別な力は、きっとこのときのためにあったのだと思う。

しかし、その力には非常に危険な副作用があって――。

考えをまとめる時間が必要だった。

いや、すでに心の奥では、考えは決まっていた。あとは覚悟の問題だった。

もしも美緑の幸せが戻ってくるのなら、俺は――。

8

俺が美緑の死の詳細を知ったのは、今から数日前、彼女が死んだ日の翌日のことだった。

受け入れがたい現実をどうにか受け止めた俺は、病院の一室でより詳しい話を聞いていた。

医師の話によると、脳の血管の一部が細くなっていたらしい。そのせいで詰まった血管が破裂し、彼女は死んだという。

いつ死んでもおかしくない状態だった。

美緑の脳を検査した画像をモニターに表示させて、医師はそう説明した。

「最近、美緑さんが頭を強く打ったというようなことはありましたか？」

「いえ。自分が知る限りでは、ないと思います」

自分でも驚くほど空っぽの声だった。

「でしょうね」

医師はうなずいた。

「と、言いますと？」

俺は先を促す。

「おそらく、危険な状態になっていたのは、かなり昔からだったと思うんですよ。今まで倒れなかったことが、むしろ奇跡みたいなものです」

医師は、美緑を死に至らしめた血管の収縮を、そう評した。

「ああ、この日ですね」

カルテを見ながら続ける。

「この日に美緑さんは、頭を強く打って検査を受けています。当時は異常なしとなっていますが、このときにはすでに血管の収縮は始まっていたのでしょう」

「彼女が頭を打って検査を受けたという、その具体的な日付を、聞いてもいいでしょうか」

俺は医師から見せられた数字を、心にしっかりと刻みつけた。

思えば、このときにはすでに、覚悟が芽生え始めていたのかもしれない。

その日付にはうっすらと心当たりがあった。今から十一年前、俺たちが中学三年生のときだ。

体育の時間。体育祭を間近に控えていたため、授業の内容も、大半がその練習だった。比較的華奢《きゃしゃ》な美緑は、女子全員が出場する騎馬戦で上に乗る役になっていた。その日の練習で、彼女は地面に落ち、頭を打った。

男子も隣で組体操の練習をしていて、そのときの騒ぎは記憶に残っている。体育科の新任の教師がパニックになっていたことまで含めて。

その頃にはもう、俺は彼女が気になっていて、日常的に美緑のことを目で追っていた。その日は、朝から少し体調が悪そうだな、とは思っていた。

あのとき、無理やりにでも彼女が体育の授業に出ることを止めておけば、彼女は助かったのだ……。後悔だけが募る。

頭を打った美緑は一瞬意識が飛んだものの、すぐに起き上がった。痛みは感じていたようだが、普通に歩けていたし、血も出ていなかった。

念のため早退して病院で検査をする、というところまでが、俺が知っていたあの日の出来事だ。そしてその検査で、異常なしという結果になったということを、たった今、医師から聞かされて知った。

医療技術は日々進歩している。逆に言えば、十年も前の技術は今に比べて拙いということになる。だからといって、仕方がないと思えるほど俺はできた大人ではない。

あのとき、検査をして異常なしの判断を下した人間が許せない。けれど、そいつを責めても美緑が戻ってくるわけではない。

美緑の親戚《しんせき》が葬式の後片づけをしている中、俺は一人で外に出る。

営業職らしきサラリーマンが、イヤホンで音楽を聴きながらきびきびと歩いている。同じ制服を着た高校生の集団が、楽しそうに笑いながら通り過ぎていく。

世界はこんなにもいつも通りなのに、美緑はもういない。

その事実だけが重く肩にのしかかってきて、とっくに枯れたと思っていた涙が、頬を一筋流れた。すると、堰《せき》を切ったように悲しみがあふれてきて、涙が止まらなくなった。

通りから見えない場所に移動する。

あのとき、勇気を出して体調が悪そうな美緑に声をかけていれば……。

どれだけ過去を悔やんだところで、美緑はもう戻ってこない。

ならば——過去を変えるしかない。

美緑の死は、俺の人生にとってエラーだった。だが幸い、書き換える部分はわかっている。十一年前の、昼休みだ。

数日前に戻って、美緑に検査を受けさせることも考えた。しかし、医師の言っていたことが気になった。

いつ死んでもおかしくない。

今まで倒れなかったことが、むしろ奇跡みたいなもの。

仮に改めて検査をして、脳に異常が見つかったとする。当然手術をすることになるだろう。だが果たして、その手術は成功するのだろうか。失敗する危険性だってある。力を使って戻っている間は、そこからさらに力を使うことはできなくなる。

黒猫の姿をした神様は、そう言っていた。

つまり、巻き戻した世界で美緑が死んでしまったら再び戻ることはできないし、美緑が死ぬたびに力を使っていてはきりがない。

では、いつまで戻れば美緑の生存は確実になるのだろうか。そんなこと、俺にはもちろん、医師にもわからないだろう。

それならば最初から、死に至った原因そのもの——十一年前のあの日の出来事をやり直すしかない。

そして俺は、力を使うことを決めた。

一度使ってしまったら、後には退けない。

十一年前へ戻って、もう一度——。

もう一度、築き上げよう。美緑の幸せを。

力の副作用は、戻す時間の五倍。十一年の五倍で、五十五年。

俺の人生の大半を犠牲にしてでも、美緑の生きている世界を取り戻す。

彼女がいない世界なんて、俺にとっては何の意味もないのだから。

——本当にいいのか？

誰かが脳内に語りかけてくる。男とも女ともつかない、それでいて独特の魅力を感じる不思議な声。足元に視線を落とすと、あのときの黒猫がいた。

「ああ、お前か。久しぶりだな」

涙を拭《ぬぐ》って、俺はしゃがみ込む。

——およそ十年ぶりか。まあ、神にとっては一瞬だがな。

「俺も今日は黒だ。お揃《そろ》いだな」

喪服はそれ自体も重いが、何より着る人間の心を重くさせる。

——うむ。

黒猫の返事は、硬い声色だった。

きっとこの小さな神様は、俺の身に起きたことをわかっていて現れたのだろう。それと、俺がしようとしていることも。

「一番大事な人がいなくなっちゃってさ。もしこの力がなかったら、たぶん後を追って死んでたと思う」

——そうか。

「ああ。だからさ、ありがとな」

お前がこの力を与えてくれたおかげで、俺は美緑を救えるかもしれない。

――すまんな。

「どうして謝る？」

黒猫の表情なんてわからないけれど、どうしてか神妙な面持ちに見えた。

――もしワタシがもう少し位の高い神であれば、副作用はもっと少なかったはずだ。

戻した時間の五倍の寿命を、代償として払わなければならない。たしかにその副作用は、人間にとっては非常に大きなものだった。

「そんなことか。いいよ。美緑を救えるだけでも十分だ」

それは紛れもなく、俺の本心だった。

――貴様は、自分が何をしようとしているのか、わかっているのか？

「ああ。お前は俺を止めにきたのか？」

俺と黒猫はそのまま見つめ合う。突き刺すような鋭い眼光は、さすが神様といったところか。

――いや、想い人が亡くなって、自棄《やけ》になっているだけなら止めるつもりでいたが、貴様の目を見たら大丈夫そうだ。たしかな覚悟が見える。

「そっか。心配してくれてありがとな」

――心配などしとらんわ！　ほら、早く力を使え。もたもたしていたらその五倍分、寿命が持っていかれるぞ。

「おう。言われなくても。最後に一つだけ、頼みがあるんだけど、いいかな」

――なんだ？

「これ、一緒に過去に持っていけないかな」

俺は〝あるもの〟を示しながら言った。

――それくらいならできないことはないが、リスクがあることはわかっているのか？

「うん。わかってる。でも……」

――どうなっても知らんぞ。

黒猫は少し心配そうな声音で言うと、尻尾《しっぽ》を左右に振る。

すると、俺の持っている〝あるもの〟が、青く光った。

「ありがとう。それじゃあ行ってくる」

第二章

ただ、それだけのことだ。

1

中学三年生の柳葉美緑は、教室の窓から外を眺め、ボーっとしながら考えていた。

何かあったのだろうか……。

悩みの種は同級生の男子、黒滝優弥についてだった。最近、どこか変な気がするのだ。

美緑と優弥は、物心がついたときにはすでにお互いのことをよく知っていた。家が隣同士で、一緒の学年。小学生の頃は同じ登校班で、毎朝一緒に学校に通っていた。親同士も仲が良く、どちらかの家で一緒にご飯を食べたり、少し遠くに出かけたりするなど、家族ぐるみで交流があった。

子どもの頃の美緑は、大人になったら優弥と結婚するものと信じて疑わなかった。わざわざ口に出しはしなかったが、それが当然のことだと思っていたし、優弥も同じように思っているものと考えていた。

けれども、世間一般の男女がそうなるように、学年が上がるにつれて、優弥は美緑と距離を置くようになった。美緑の方も、遠ざかった距離を埋めようと優弥に近づくようなことはなく、女子の友達が増えていった。

ライクの好きとラブの好きの区別もつくようになると、優弥と結婚するのだというようなことも、いつの間にか考えなくなっていった。今にしてみれば、何てバカなことを考えていたのだろうと思う。

小学校の低学年の頃は、よくお互いの家を行き来していたのに、徐々にそういった機会は減った。中学生になってからは、ほとんど会話らしい会話をしていない。

しかし一週間ほど前、中学三年生になった二人の間に変化があった。

それは、空気が冷たくなり始める十月のある日のことだった。


美緑は三年生になってから、昼休みは図書室で過ごすのが日課になっていた。

その日もいつものように、図書室で本を読んでいた。静かな空間は居心地が良く、何をするにも集中できる。

時計を見ると、昼休みが終わろうとしていた。

美緑は読んでいた文庫本を鞄《かばん》にしまい、図書室を後にする。

五時間目は体育の授業だ。体育祭が近く、今日もその練習だった。

美緑は運動があまり得意ではなかったが、イベントは好きだった。中学生最後の体育祭を楽しみにしていた。

体操着に着替えるために更衣室へ向かう。

「柳葉」

廊下を歩いていると、後ろから声をかけられた。それが優弥の声だと、すぐには気づかなかった。

振り返って「ん？」と首を傾げる。

いつからか、優弥は美緑のことを苗字で呼ぶようになっていた。彼の声が低くなるのと同じタイミングで、優弥の中で彼女は、美緑から柳葉になった。

「体育の授業、出るのか？」

質問の意図が、よくわからなかった。

「うん。出るけど……何で？」

体育の授業は隣の優弥のクラスと合同で行われる。そのため、次の授業が二人とも体育であることを、優弥も当然知っているはずだ。

優弥は、一瞬だけ目を合わせたかと思えばすぐに逸らして、ためらいがちに口を開いた。

「……体調、悪そうだけど大丈夫か？」

小学生のときの甲高さが嘘のように、男らしく低い声だった。どこか自信がなさそうで、美緑の反応を怖がっているような印象を受けた。

「えっ、どうして……」

たしかに今日、美緑は熱があった。が、そこまで高熱でもなかったし、少し無理すればどうにかなると思っていたため、体育の授業は最初から出るつもりでいた。

それに今日は、三年生女子全員が出場する騎馬戦の練習なのだ。美緑が授業に出ないとなると、美緑と組むことになっている他の子たちが練習できなくなってしまう。

「……見りゃわかるよ」

優弥はそう言ったが、仲の良い女子ですら、美緑のちょっとした不調を察知した様子はなかった。優弥が気づいたのは、きっと小学校からの付き合いだからで、他に理由なんてないのだろう。

つまるところ優弥は、体調が悪いにもかかわらず体育の授業に出ようとしている美緑を心配して、こうして声をかけてくれたということになる。

「でも……」

頑張れば四十分ちょっと運動するくらい、きっと大丈夫だ。私が休んでしまったら、みんなに迷惑をかけてしまう。優弥が気遣ってくれるのは嬉《うれ》しかったけど、美緑は素直に授業を休もうとしなかった。

はぁ、と呆《あき》れたようにため息をつくと、彼は言った。

「他人のことを考えるのはいいけど、もうちょっと自分のことも大事にしろよ。ほら、保健室行くぞ。体育の先生には俺が言っとくから」

優弥は、美緑の言おうとしていることを先読みしていた。

美緑の手首をつかんで歩き出す。

最後に優弥と手をつないだのはいつだったろうか。小学校の低学年だったはずだが、具体的な日付は覚えていない。そのときはまだ、手をつなぐという行為は、仲の良さを示すものでしかなかった。中学生はちょうど、つないだ手に別の意味を見出し始める年齢だ。

授業が始まる直前。人気のない廊下を、保健室に向かって歩く。

いつの間にか男の子らしく大きくなっていた優弥の右手が、美緑の左手首を覆っている。彼の手には力が入っているようで、少し痛かった。

美緑がそのことを言えば、優弥はたぶん手を離してくれる。けれど、美緑は言わなかった。なぜかはわからないけど、このままつかんでいてほしかった。

寝ぐせがついた後頭部と、昔に比べて大きくなった背中を視界に入れながら、美緑はそう思った理由を考えていた。しかし答えは出ない。心臓の鼓動が速くなっていることを優弥に悟られないように、美緑は黙ってついていった。

2

二人は無言のまま、保健室の前までやってきた。優弥はやっとそこで美緑の手を解放した。

美緑は、今まで優弥が握っていた部分を、顔を動かさず目だけで見た。少し赤くなっていて、触れるとほんのり温かさを感じた。

優弥は、躊躇《ためら》いなく保健室の扉をノックすると「失礼します」と言って入室した。

「あら、どうしたの」

保健室の中では、ふくよかな養護教諭が机に座って何か作業をしていた。

美緑はあまり保健室の世話になったことがないので、その教諭を見るのは久しぶりだった。初めて見たとき、柔らかそうな人だと感じたことを思い出す。

「すみません。この人、体調が悪いみたいなんで、休ませといてください」

美緑がボーっとしていたからか、優弥が代わりに説明してくれた。

「はい、わかりました。ありがとね」

養護の先生が安心感百パーセントの笑顔で答える。

表情だけでなく、存在そのものから優しさがあふれ出していて、この保健室を満たしている。そんなイメージがあった。

そういえば、小学校のときも保健室の先生って、すごく優しい人だったなぁ。養護教諭には、生徒を安心させる表情の試験でもあるのだろうか。

美緑はそんなことを考えながら、白衣を着た養護教諭に促されるまま、ベッドに腰かけた。

「はい。じゃあ、これ」

養護教諭が体温計を渡してくる。

体温を計りながら、保健室の中を見渡す。どうやら、美緑以外に生徒はいないみたいだった。

優弥にお礼を言わなくては……。そう思って入り口の方を見たのだが、優弥はすでにいなくなっていた。

じっと、体温計が鳴るのを待つ。

現実感がなくて、夢の中にいるみたいだった。保健室という特殊な環境や体調不良のせいかもしれないし、優弥に手首を握られたからかもしれない。

ピピピ、という音で我に返り、脇から体温計を取り出す。三十七度六分。小さなモニターにはそう表示されていた。

ああ、結構高いな。朝よりちょっと上がってるし。

美緑は自分の体の温度に対して、他人事《ひとごと》のような感想を抱いた。

「あらら。ちょっと熱があるじゃない。こういうときは無理しちゃダメよ」

美緑の手元を覗《のぞ》き込んだ養護教諭が、ゆったりした口調で言う。

「すみません」

美緑はうつむいて小さな声で言った。

「謝らなくていいの。もし寝れるようだったら寝ておきなね」

そう言った養護教諭の笑顔は、とても自然で優しかった。

一度ベッドに横になると、自覚していなかった気だるさが全身を襲う。

保健室独特の消毒液の匂いを感じながら、美緑は意識を手放した。

3

目が覚めたときには、およそ二時間が過ぎていた。結局、体育だけでなくその次の数学の時間も、美緑は保健室で過ごしたことになる。

誰かにノートを写させてもらわなくては……。まだボヤっとする頭で、美緑はそんなことを思った。

放課後を告げるチャイムが響く。あともう少し休んだら教室に戻ろう。

寝起きだからかもしれないが、全体的に体がだるい。思ったより無理をしていたことが発覚した。

もし体育の授業に出ていたら、倒れていたかもしれなかった。余計に迷惑をかけてしまうことになる。美緑は反省した。

そして、それを防いでくれた優弥には感謝していた。

でも、どうしてわざわざ忠告してくれたのだろう。事務的な会話を除けば、優弥とは話すこと自体が久しぶりだった。

毎日のように遊んでいた小学生のときに比べると、優弥とは疎遠になっていた。それどころか、避けられていたようにさえ思う。

偶然登校の時間が一緒になったときだって、ちょっとしたあいさつくらいは交わすけど、優弥は美緑に構うことなく、先に歩いていってしまう。

それに、かなり無理やり美緑を保健室に引っ張ってきたことも疑問に思った。

優弥につかまれた手首に視線を落とす。優弥の手の感触がよみがえってきて、顔が熱を帯びた。

たしかに体調は悪かったけれど、そこまで表には出していなかったはずだ。明らかにつらそうな様子だったら、無理するな、とか、休んでろ、くらいは言うかもしれないけど……。

中学に上がってからの二人の関係と、今日の優弥の態度が、なかなか結びつかなくて不思議な感じ。

そんなことを考えていると、当の本人が現れた。

　優弥はスライド式の扉を半分くらい開けて、首だけ入室する。保健室の中を見回して、美緑と養護教諭以外に人がいないことを確認してから、こちらに歩いてきた。

「大丈夫か？」

「うん」

　どさり、と通学用の鞄《かばん》が二つ、ベッドの上に置かれる。そのうちの一つには、美緑のお気に入りのゆるキャラのキーホルダーがついていた。優弥は、美緑の鞄も一緒に持ってきてくれたようだった。

「歩けそうか？」

「たぶん」

　保健室に美緑を連れてきたときとは違い、優弥はきちんと目を合わせて聞いてきた。

「ん。鞄は俺が持つ。じゃあ行くか」

「え……ああ。ありがと」

　どうやら、優弥が送ってくれるようだ。そのことに数秒間気づかなかった。

　家が隣だし、優弥にとっては当然と言えば当然かもしれないけれど、距離が遠ざかっていた日々のせいで何だか恥ずかしい。

「あ、そうだ。教室からそのまま持ってきたけど、鞄に入ってるやつ以外で、何か持って帰るもんあったら言えよ。俺が取ってくる」

「ううん。大丈夫」

ぶっきらぼうな口調で、優しい言葉をかけてくる優弥が何だかおかしくて、美緑は少し笑ってしまった。

「何で笑ってんだよ」

怪訝《けげん》そうな顔で優弥が言う。

「何でもない。ほら、行こ」

「ああ」

美緑はベッドから立ち上がった。

「もう大丈夫なの？」

デスクで書類を眺めていた養護教諭が言った。

「はい。先生、ありがとうございました」

美緑は彼女に頭を下げる。

「はーい。気をつけてね」

養護教諭は、笑顔で送り出してくれた。

若いっていいわね。そんな呟《つぶや》きを背後に聞きながら、美緑は二人分の鞄を持った優弥と保健室を出た。

下駄箱で靴を履き替え、昇降口を降りる。

外は風が少し冷たくて、冬が近づいてきているのを感じた。

「何か、久しぶりだね。こうやって二人で歩くの」

体調はまだ万全とはいかないが、かなり楽になっていた。

「ああ」

校門を通って、いつもと変わらない通学路を、優弥と二人で並んで歩く。終業時間から少し経っているが、他の生徒もちらほら目に入る。気恥ずかしさと懐かしさと安心感が、三、三、四くらいの割合。

黙っているのも何となく気まずいので、美緑は切り出した。

「優弥は志望校、もう決めた？」

美緑たちは中学三年生で、数カ月後には受験だ。

「んー、候補はいくつかあるけど、まだ迷ってて……。一応、第一志望は春宮《はるみや》ってことになってる。……柳葉は？」

聞くか聞かないかを逡巡《しゅんじゅん》したような間を空けて、優弥が尋ねた。

「私も春宮かなー」

県立春宮高校。自由な校風で、イベントが多い。美緑たちの通う中学校から一番近い高校だった。偏差値はそこそこ高いけど、このまま順調にいけば美緑は問題なく受かるだろう。

「そっか。じゃあ俺も春宮目指して頑張るかな。偏差値足りないけど」

今のは、何に対しての『じゃあ』なのだろうか。美緑は疑問に思ったが、そのまま会話を続けた。

「優弥ならきっと大丈夫でしょ」

美緑は、優弥が意外と努力家だということを知っていた。人が見ていないところで頑張っている優弥の姿を、美緑は小さい頃から見てきた。

幼稚園のとき、お遊戯会の劇の練習をしている様子が、隣の美緑の家まで聞こえてきた。小学校の帰り道、九九のプリントを見ながら必死に覚えていた。

「んなことはねえよ。この間の英語のテスト、過去最低を更新したんだぞ」

「でもさ、数学とか理科とかはいつも上の方にいるじゃん」

定期テストのたびに廊下に貼り出される順位表では、総合と各科目の上位三十人までが掲載される。その中でたまに、優弥の名前を見るのだ。

「よく見てんな」

「ん、まあね」

優弥の名前だから覚えてた、なんて言ったら、どんな反応をするのか気になったけれど、口には出さない。

そこからは様々な話題が出た。厳しい教師に対する愚痴や、共通の知り合いの話をしながら、二人はゆっくり歩いた。

毎日通る帰り道は見慣れているはずなのに、なぜか今日は新鮮な気持ちだった。体調のせいだろうか。それとも、優弥が隣にいるからだろうか。

「ほら、じゃあこれ」

家の前まで来ると、優弥が美緑の鞄を渡してくる。

「ありがと」

美緑はそれを受け取って礼を述べた。

「おう、早く治せよ」

優弥が自宅に入るのを見届けてから、美緑も玄関をくぐった。


その日以来、優弥との距離が近くなったように思う。昔のように頻繁に話したりするわけではないけれど、休み時間に廊下で会ってちょこっと話したり、家を出るタイミングが同時になったとき、そのまま並んで登校したりもした。

「美緑、最近黒滝と仲良いよね。付き合ってんの？」なんてクラスメイトから聞かれたりもしたけど「別に。そんなんじゃないよ」とテンプレ通りの返答をしておいた。内心はかなり焦っていたが、何気ない口調で答えられていただろうか。

実際、そんなんじゃなかったし、質問をされたのはそのときの一度きりで、特に冷やかされたりなどもなかった。

みんな受験勉強でいっぱいいっぱいで、他人の色恋沙汰《ざた》に首を突っ込んでいる暇などなかったのかもしれない。いや、別に色恋沙汰じゃないけど。

美緑にとって優弥は、ただ単に家が隣の仲の良い男子だ。それ以上でもそれ以下でもない。

疎遠になっていたのは、お互い異性と仲良くすることを恥ずかしく思っていたからで、最近また話すようになったのは、そういう時期が終わったから。ただ、それだけのことだ。

ただ、それだけ。

美緑は自分に言い聞かせるように、心の中で繰り返した。

4

特に何事もなく二学期は幕を閉じ、中学生最後の冬休みが始まった。

冬休みと称されてはいるものの、入試を控えた三年生にとっては休みなどと言っていられない。

美緑は塾などには通わず、家で受験勉強をしていた。

元々勉強は嫌いではなかったが、受験というものが初めての美緑は不安を抱えていた。

優弥からメッセージが届いたのは、あと数時間で一年が終わろうとしている大みそかの日だった。

数学の問題集が区切りのいいところまで進んだため、大きく伸びをして少し休憩しようと思い、美緑はベッドに寝転んでスマホを開いた。すると、画面に表示されていたのは『明日《あした》ひま？』という一文だった。

「暇……って。そりゃ暇ではあるけども……」

美緑は呟いた。

受験まで二ヵ月弱。暇と即答できるほどの余裕はないけど、勉強以外はこれといって予定もない。

『なんで？』

少し考えて美緑が送り返すと、優弥からの返事はすぐに来た。

『初詣《はつもうで》いかね？』

なるほど。合格祈願ってやつか。

神様とかは特に信じてないけれど、気分的に祈っておいた方が勉強もはかどるような気がして、美緑は迷うこともなく『いく』と送る。

年末も勉強漬けだったから、半日くらいなら休んでもいいだろう。適度な息抜きだって大事だ。

出発の時間を決めると、お互いに『おやすみ』と送り合ってやり取りは終了となった。

口元が緩む。どうせ勉強しかすることがないと思っていた正月が、急に楽しみなものになった。その日の夜は、なかなか寝つけなかった。


翌日、美緑はクローゼットの奥から衣類を引っ張り出してきて、鏡と向き合っていた。色々と合わせてみたけれど、どれも子どもっぽい服ばかりで、これだ、と思う服装が決まらないのだ。

中学に上がってからは、基本的に制服かジャージ、部屋着しか着ていなかった。服には人並みに興味はあるが、買い物に行っても迷ってしまって、結局何も買わずに帰ることが多い。美緑には昔から、そういった優柔不断なところがある。

別に優弥と初詣に行くだけだし、服装なんて適当でいいじゃんと言い聞かせてみても、割りきれないのが乙女心というやつだ。

着物を着ていくことも考えたけど、今の私に合うサイズの着物は持っていない。つまり母親に借りることになるわけで、そうすると、あらぁ誰と行くのもしかして男の子かしら～クラスの子？　芸能人で言うと誰に似てるのぉ？　やだもう今度連れてきなさいよもぉ～なんて細かく追求してきそうだから却下。

白系のトレーナーに紺のロングスカート。上から緑のモッズコートを羽織る。

「……よし」

やっと一番マシな組み合わせを見つけたときには待ち合わせ時間の二分前だった。

が、集合場所は家の前だから特に問題はない。

薄く口紅も塗り、最低限の荷物を持って部屋を出る。

「あれ、ねーちゃんどこいくのー？　もしかしてデート？」

家を出ようとすると、小学三年生になった弟の翼が、後ろからやかましく尋ねてくる。美緑とは違って元気な性格だ。よく家に友達を連れてくる。

デートの定義が、男子と二人で出かけることであれば、この外出はデートと呼べるかもしれない。

「んー、違うよ」

もちろん言わないけれど。

「えー？　誰と？」

だから違うって。もう少し人の話を聞いてほしい。

「行ってきまーす」

美緑が玄関を出ると、ちょうど同じタイミングで隣の家から優弥が出てきた。

「うぃっす」

美緑を認識して近づいてくる。暖かそうな黒いダッフルコートのポケットに両手を突っ込み、ニット帽とマフラーで完全防備。

「明けましておめでと」

「あけおめ。どうよ、勉強は」

自然に歩き始めながら、優弥が聞いてくる。

「んー、ぼちぼちかな。そっちは？」

「俺もまあまあだな。英語がマジでわからねえことを除けば。アイキャントアンダースタンドイングリッシュベリーベリーマッチ」

優弥の苦手な科目は英語だ。動詞が色々と変化するのが気に入らないようで、過去分詞が特に嫌いらしい。日本語だって活用するじゃん、というツッコミを入れるような、野暮なことはしない。美緑も不規則動詞を覚えるのには苦労した。

「ちょっと、そんなんで初詣なんか行って大丈夫なの？」

「イエスイエス。アイムオールライト」

そんなバカ丸出しの会話をしながら、二人は神社までの道のりを歩く。

晴れていて風もない。一月にしては暖かかった。新年を祝うのにふさわしく、爽《さわ》やかな日だと思う。

神社は大勢の人でにぎわっていた。家族連れや友達と来ている者、恋人同士。全体的に笑顔が多かった。

美緑も清々しい気分で、喧騒《けんそう》の中を歩いていた。

「新年を迎えるのなんて、ただ時間の流れがその瞬間を通り過ぎるだけなのに、色々と大げさだと思うんだけど。何でいちいちめでたい空気を出すんだろうな」

隣を歩く優弥が言った。自分から誘ったくせに初詣を否定するかのような意見。ただ疑問に思ったことを口にしただけで、別に悪気があるわけではないのだろう。

「それはそうだけどさ、一年っていう周期的に繰り返す時間を発見して、膨大な時の流れを区切ってるわけじゃん。自然的な現象に意味を見出してるのってすごくない？そういう生き物って、この世界で人間だけだと思うし」

美緑も思ったことをそのまま口にする。

「まあ、そう言われればな」

納得するでもなく、不機嫌そうにするでもなく、斜め上を見ながら優弥は答えた。

「優弥は、神様っていると思う？」

それは、何気なく口をついて出た質問だった。神社といえば神様が祭られている場所なので、関連性が皆無というわけではない。

「いるだろ。そりゃ」

すぐに美緑の予想と真逆の答えが返ってきて、彼女は驚いた。

「え？　意外だね」

美緑の印象では、優弥はどちらかというと、現実を生きるリアリストだった。幽霊やオカルトなんかも含めて科学的な根拠がない存在については、まったく信じないものと思っていた。

「悪いかよ。……何となくだけど、神様はいるような気がするんだ」

「へぇ。何か真面目な口調の優弥、面白い」

「何だよ。質問してきたのはそっちだろ。で、柳葉は？」

「私はいないと思う。見たことないし」

「目に見えないだけかもしれないだろ」

「そんなこと言い出したらきりがないじゃん」

「そうなんだよな。そもそも、はっきりした答えが出てない問題に、ただの中学三年生が答えられるわけないいか」

「そだね」

気を遣うことがないので、優弥との会話はとても楽だ。

体調の悪い美緑を優弥が保健室に連れていったときは、まだどこかぎこちなかった二人の距離感も、約三ヵ月をかけて徐々に昔のものを取り戻しつつある。今ではすでに、小学生の頃のように肩肘《ひじ》を張らずに話せるようになっている。もちろん、完全に自然体というわけではないけれど。

5

「うっし。じゃあ、とりあえずおみくじ引いときますか」

神社を一周し、正月の雰囲気を存分に味わったところで、優弥が言った。

「え。凶とか出たら笑えないんだけど」

そう言いながらも、美緑は優弥に促されるまま巫女《みこ》さんの前の列に並ぶ。

「大丈夫だって。もし悪かったらあの縄みたいなやつに結んどきゃいいんだろ。そもそも、今は大吉引く自信しかねぇ」

「何なの、その根拠のない自信は」

やがて二人の番がきて、一回ずつおみくじを引いた。乱暴な手つきでおみくじを広げる優弥を横目に見ながら、美緑はおそるおそる紙を開く。

お互いの結果を見比べること数秒。

「……マジかよ。負けた」

美緑は大吉で優弥は末吉だった。

「いやいや、おみくじって別に勝負じゃないから……。でも良かったじゃん。二人とも凶じゃなくて」

「まあな。お、学業のところは『安心して励め』だ」

「私は『自己を信じて努力せよ』だって。これじゃ良いのか悪いのかはっきりしないね」

「とりあえず頑張れ、ってことだろ」

「うん。とりあえず頑張る」

他の項目にも、同じような無難な言葉が並んでいた。

一通り読み終えると、美緑はその場から数歩移動する。

地面に垂直に立てられた二本の木。その間に張られた縄に、たくさんのおみくじが無秩序に括りつけられていた。まるで白い花が咲き乱れているようだった。

美緑はおみくじをたたんで、胸辺りの高さの縄に結ぼうとする。

「あれ、柳葉、何で大吉なのに結んでんの？　実際はどうかわかんないけど、おみくじって悪かったら結ぶみたいなイメージない？」

後ろから歩み寄ってきた優弥が問いかける。

「いや、私の大吉が、ここにおみくじを結んだ人たちに広がればいいなーって」

「へぇ。何て言うか、ホントにお人好しだよな」

「悪い？」

「いや。そういうの、柳葉の良いところだと思う」

茶化されるかと思いきや、ストレートにそう言われて、美緑はむず痒《がゆ》さを感じた。

「うん……ありがと」

結びつけるのに集中するフリをしながら、素っ気ない返事をする。優弥は今、どんな表情をしているのだろう。そんなことを考えるけれど、恥ずかしさで彼の方を向くことはできない。

「じゃ、俺も結んどくわ」

優弥が隣に来ておみくじを細く折り始めるのを、美緑は視界の端に捉《とら》える。

「末吉なんだから無理しない方がいいんじゃない？」

「未来は自分の力で切り拓くもんだろ」

「うん。そうだね」

「今の笑うところだぞ」

優弥は縄の一番上、身長よりも高いところに手を伸ばした。

「何でわざわざ背伸びしてまで結ぼうとしてんの」

「上に結んだ方が何となくいいだろ」

「そうなの？」

「そうだよ」

優弥はつま先立ちで、結ぶのに苦戦していた。

手持《ても》ち無沙汰《ぶさた》になった二人は、行く当てもなくフラフラと歩く。

「あれ、やるか？」

優弥が立ち止まり、問いかける。彼の視線の先にあったのは、絵馬だった。

「いいね」

二人は五百円ずつを払って絵馬を買う。

美緑は油性ペンで『高校に合格できますように』という文章と名前を書き入れた。

改めて眺めてみると、ずいぶん無個性な印象を受けた。きっと、同じ文面の絵馬がこの神社だけでも十個はあるだろう。

そんな何の変哲もない絵馬になってしまったので、空いたスペースにゆるキャラの絵を描いておいた。

「できた」

「おー。上手いな、このクマ」

先に書き終えていた優弥が、美緑の絵馬を覗《のぞ》き込んで言った。

「いや、それウサギだから」

「……」

「優弥は書けた？」

「一応」

優弥は、書き終えたと思われる絵馬を裏にして胸の辺りに抱えている。

「見せてよ」

「やだよ」

「何で」

「絵馬って、吊《つ》るす前に人に見せたら書いたことが叶《かな》わないんだって」

「えっ、私見せちゃったじゃん！　どうしてくれるの？」

「嘘だよバーカ」

「あー、バカって言った方がバカだから！」

優弥とのそんな不毛な応酬は、昔に戻ったみたいで楽しかった。が、結局、優弥は何を書いたのか教えてくれなかった。

「名前も書いてないから、探しても無駄だぞ」

そう言って、美緑から離れた場所で絵馬を吊るしていた。

どうしてそんなに頑なに隠すのだろう。もしかして、好きな人の名前でも書いてあるのかな。そんな想像をしたときに、どうしてか、心がキュッと音を立てて軋《きし》んだ。


賽銭《さいせん》箱の前には、当然のように行列ができていた。二人は列の最後尾につく。

少しずつ前進。美緑と優弥との間に、会話はあったりなかったり。話すことは一通り話して、話題が尽きてしまったようだ。しかし、沈黙も別段苦痛には感じなかった。

十分ほどかけて、賽銭箱の前にたどり着く。

作法はよくわからなかったので、前の人のものを真似した。

一礼。鈴を鳴らし、五円を賽銭箱に投げて二礼二拍手。

家族が全員、健康でいられますように。たくさんいいことがありますように。春宮高校に受かりますように。それと——優弥も合格しますように。

心の中で念じて目を開ける。

……ちょっと欲張りすぎたかもしれない。

最後に一礼。

五円だけじゃ少ないかもしれないけど、大事なのは気持ちだ。

優弥も参拝を終え、二人は賽銭箱から離れる。

立ち去るときに、美緑は振り返った。視界の隅に動く何かがいたような気がしたからだ。

黒っぽい何かは素早く建物の陰に消えたため、すぐに見失ってしまった。

きっと、野良猫か何かだろう。

6

「マジで落ちたらどうしよう」

神社からの帰り道、優弥が呟《つぶや》いた。

午後四時を少し回ったところで、日はかなり傾いている。

「珍しいね。優弥がそんな不安になるなんて」

「いや、だってほら。俺の実力と春宮の偏差値見たら、ちょっと高望みしてるのはわかるし。けどさ、明らかに無理なわけじゃないから諦《あきら》めるのも違うような気がして。あと、せっかくだから一緒の高校行きたいじゃん」

誰とだろう。普通に考えれば、今隣を歩いている自分のことであるはずだけど、美緑は確信が持てなかった。

一緒って、誰と？　そう聞き返したかったけれど、他人の名前が出てきたときに何だか恥ずかしい。だからそんなことはできなくて。でもやっぱり気になる。

だから代わりに美緑は、冗談めかしてこう言ったのだ。

「私もできれば優弥と一緒の高校がいいな」

「できればかよ」

会話は食い違っていないようで、さっきの美緑の考えが正しかったことがわかる。

嬉《うれ》しかった。嬉しさとは別の何かもこみあげてきて、顔が熱くなっている。優弥は
そのことに気づいているだろうか。

「でもさ、おみくじも良かったし、絵馬も書いたし、お祈りだってしたし。これで落
ちたら、神様あんた何様だよって感じじゃん?」

焦って変なことを言ってしまう。

「神様は神様だろ」

「そっか」

「そうだよ」

優弥が笑ってくれたので結果オーライだ。美緑も笑顔になる。

少しずつ暗くなっていく道を二人並んで歩くと、二十分弱で家の前に到着した。

「今日は誘ってくれてありがとね。いい息抜きになった。受験勉強、頑張ろうね」

優弥にお礼と激励を伝える。

「おう。死なない程度に頑張る。……あー、そうだ。これ」

優弥が思い出したように、ポケットから取り出した何かを手渡してきた。美緑はそれを受け取る。

手のひらから少しはみ出すくらいの大きさの白い袋。おそらく、神社で買ったものだろう。

折ってあった部分を開き、袋の上から中身を見る。お守りだった。取り出して目の前に掲げる。

赤い五角形に、綺麗《きれい》な楷書《かいしょ》で『学業御守』と書かれていた。

「くれるの？」

「ん。俺も同じの買ったし」

そういえば今日、優弥は途中で何か買っていた。

「あ……ありがと」

申し訳ないような気もしたけれど、それ以上に嬉しいし、せっかくもらったものを遠慮する方が申し訳ないことに気づいて、ありがたく受け取らせてもらうことにした。

「おう。それじゃ、また」

優弥はそう言うと、踵《きびす》を返して自分の家の方へ歩いていった。

『良い人が現れる』

おみくじの恋愛の欄に書かれていた一文が、なぜか頭に浮かんだ――。

残りの冬休みもあっという間に過ぎ去り、すぐに三学期が始まった。

授業に自習が多くなったり、騒がしかった休み時間にシャーペンを走らせる音が聞こえたり、放課後の図書室に人が増えたりした。それらの小さな変化が、受験が目前に迫っていることを実感させた。

美緑自身には特に大きな変化はなく、受験に向けて勉学に励む日々が続いた。優弥からもらったお守りは、常に筆箱の中に入れていた。

第三章

今まで見た
空の中で
一番綺麗だった。

1

優弥と美緑は、揃《そろ》って春宮高校に合格した。

美緑は、入試本番でそこそこできた手ごたえを感じていたが、いざ合格発表となると緊張した。

もしも落ちていたらどうしよう……。

どうしても、思考は悪い方に傾いていく。

しかし、発表の会場となる高校でばったり会った優弥が珍しくそわそわしていて、美緑は逆に落ち着いてきた。

自分の番号を見つけたらしい優弥が、安心しきって気の抜けた表情をしていたのが面白かった。


進学先が決まったその一週間後、中学校の卒業式が行われた。

振り返ると、それなりに充実した三年間だったと思う。楽しいこともあったし、悲しいこともあった。

入学するときにはぶかぶかだった制服も、今では窮屈なくらいだ。これを着るのも最後かと思うと、寂しさがこみあげてくる。

卒業証書の入った筒と花束を持った卒業生たちは、まだ中学生でいたいと言わんばかりに、なかなか帰ろうとせず、昇降口の前に溜《た》まっていた。

校門の周辺は、泣いている女子や大声で騒ぐ男子であふれていた。ちらほらと在校生の姿も見える。

美緑も、大多数の生徒がそうするように、仲の良かった友達と別れを惜しんだ。高校生になっても、たまに遊ぼうね。そんな、果たされるかどうかもわからない約束を、大真面目な顔で交わす。

ひと際大きな黄色い声が聞こえた。十人以上の生徒たちが、異様な盛り上がりを見せている。

どうやら、二年生の女の子が、卒業する男子生徒に制服の第二ボタンをもらっていたらしい。

……優弥は、誰かにあげるのだろうか。一瞬そんなことを考えたけど、自分には関係のないことだ。浮かんできた疑問をすぐに振り払い、再び友人との会話に没入する。

中学生として最後の友人たちとのおしゃべりを堪能《たんのう》し、三十分以上が経ってから、美緑はようやく帰路についた。

「ただいまー」

「あら、おかえり。卒業おめでとう」

母親がソファでくつろぎながら美緑を迎えた。

「ん。ありがと」

それだけ言って、美緑は自分の部屋に入る。

これからクラス会があるため、また出かけなければならない。三年間を共に過ごした制服に別れを告げて、私服に着替える。

家を出たタイミングで、優弥と鉢合わせた。ちょうど帰ってきたところらしい。

「あ、卒業おめでとう、優弥」

「おう。柳葉も、おめでとう。どっか行くの？」

優弥の制服には第二ボタンがついたままで、美緑は安堵《あんど》を覚えた。

「クラス会」

「ふーん」

だからといって、自分がもらうつもりもなかった。

「優弥のクラスはないの？」

「あるよ。ってか時間ヤバいんだ。じゃーな」

少しだけ、ほんの少しだけ欲しいという気持ちはある。何となく、青春っぽくていいな。そう感じただけで、恋愛感情とかそういった理由ではない……と思う。

「うん。バイバイ」

けれど、もし誰かからもらうとしたら、優弥以外は考えられない。

自分で自分がわからなくなるような、モヤモヤした気持ちになる。美緒はそれ以上考えるのをやめた。

美緑は、クラス会が行われるという駅前のファミレスに向かって歩き出した。

陽射しが暖かい。セーター、要らなかったかな……。

春は、すぐそこまで近づいていた。

2

春休みは瞬く間に過ぎ去り、美緑の高校生活は始まった。

真新しい制服に袖《そで》を通すと、高揚感を得た。まるで背中に羽が生えたみたいだ。

美緑は、高校生活に対して漠然とした期待と不安を抱いていた。

ドラマや漫画の中で描かれている高校生の青春は、どれもキラキラしていて憧《あこが》れる。

現実はそういった作り物の世界とは違っていることも、もう理解していたけれど。

それと同時に不安もあった。高校という未知の世界について、美緑は何一つわからなかった。

制服はどう着ればいい？　メイクは？　バッグは？　ティーンズ向けの女性雑誌で勉強しておくべきだろうか。流行《はや》りのSNSにも登録しておいた方がいいのだろうか。人付き合いが得意とは言えない自分が、新しい環境で上手くやっていけるだろうか。

そんなふうに、心配事を数えればきりがない。

優弥と一緒の高校に行けてよかったと思った。高校という新しい場所へ踏み出すときに、自然体で接することのできる人間が近くにいるのは心強い。

美緑が意外な人物を発見したのは、入学式のときだった。

中学よりも綺麗《きれい》で大きな体育館。新入生とその保護者たち、高校の職員が規則正しく詰め込まれている。

校長やPTA会長の話などが長々と披露される中、生徒たちは揃いも揃って眠たげな表情をしていた。

職員の紹介が終わり、次は新入生の誓いの言葉。

「新入生代表。平賀《ひらが》大地《だいち》」

名前を呼ばれたのは、美緑たちと同じ中学の男子だった。

「はい」

歯切れの良い返事をして立ち上がった男子が、背筋を伸ばして壇上に上がる。

少し長めのスポーツ刈りがよく似合う後頭部をこちら側に向け、まったく焦りや緊張を感じさせないはっきりとした発音で、誓いの言葉と称されたテンプレートな目標と抱負を述べる。

美緑は同じクラスになったことはなかったが、彼の存在は知っていた。

「今日の生徒代表の人って、うちの学校にいた平賀くんだよね」

教室に戻る途中で、廊下を歩きながら優弥に尋ねた。

「ああ、大地だよ」

優弥の口から出た『大地』という音には、親しげな響きが込められていた。

「たしか、平賀くんも陸上部だったっけ」

大地は優弥と仲が良かった。人気者で友達の多い優弥に対して、大地はどちらかというと地味で、大人びた男子。タイプ的には違う二人だけど、よく話していたのを覚えている。

「そ。俺は短距離で大地は長距離だから、練習とかは別々だったけどフツーに仲良い」

「あー、わかる」

「わかるって、何が」

「優弥が短距離で平賀くんが長距離ってとこ」

「何でだよ」

「だって、優弥は後先考えず全力で突っ走っちゃいそうだけど、平賀くんは計画的に確実に任務を遂行しそうな感じがする」

「後先考えずって……。そんな人を単細胞みたいに。まあ、当たってなくはない」

優弥が口をとがらせて、わかりやすくいじける。

「別にいいじゃん。全力疾走。むしろ私はそっちの方が好きかな」

好き、という言葉を使ってしまったことに、美緑は発言してから気づき、首から上の温度が少しだけ上がったような気がした。

「そりゃどーも」

幸い、優弥はふくれっ面で気にしていないようだ。

そうだよ。好きっていうのは別に優弥自身のこととかじゃないし。

美緑は心の中で言い訳をしながら、優弥の隣を歩いた。

そして、ふと疑問を抱いた。

どうしてこの高校なのだろう。

地理的な要因もあって、美緑たちの中学から春宮高校に進学する生徒は多く、今年も十数名いるから不自然ではないけれど……。

平賀大地は、定期テストでは毎回、学年全体で一桁《ひとけた》に入るような生徒だったはずだ。

「でもさ、平賀くんならもっと頭のいい高校行けたんじゃない？」

生徒代表のあいさつをしていたということは、春宮高校の新入生の中で一番入試の点数が高かったことになるのではないだろうか。つまり、彼は勉強ができるということになるわけで……。

「まあ、そうだな。あいつは『電車で通うのが面倒だった』って言ってたけど」

「へぇ。そうなんだ。私と同じ理由」

「ふーん」

「ふーんって何？」

「別に。何でもないけど」

3

違うクラスになった優弥と別れ、美緑は自分の教室に入った。

きっちり並べられた机と椅子。中学のときよりも広い黒板。

学年が上がり、クラス替えが行われるのとはわけが違う。別の中学校から来た、まったく知らない人間がほとんどの空間。完全に未知の領域だった。

入り口付近に貼られた紙には出席番号順の座席表が印刷されていて、クラスメイトの多くは指定された席に座っているようだ。

美緑も緊張しながら、自分の名前を探して席に着く。心臓はいつもよりも速く、顔がこわばっているのがわかる。

やがて三十歳くらいの眼鏡をかけた痩せ型の男が入ってきた。美緑のクラスの担任らしい。

彼は自己紹介を始めた。担当の教科は化学。よく通る声でハキハキと喋《しやべ》る。

その後、プリントの配布や、翌日以降のスケジュールの伝達が行われた。

早くも近くの席のクラスメイトに話しかけている者や、黙って黒板を見ている者、まばたきを繰り返しながらキョロキョロしている者など、生徒の振る舞い方は様々だった。新しい環境に浮き足立っているような雰囲気が、教室全体から感じられる。

美緑も落ち着いてきて、周りを見る余裕が出てくる。

そして、彼女はハッとした。隣の席に座っているのは、美緑の知っている男子だったのだ。彼は無表情で、配られたプリントを眺めている。

「平賀くん……だよね。私、同じ中学の柳葉だけど……わかる？」

美緑は、そこまで積極的に人に話しかけるタイプではないが、コミュニケーション力が低いというわけでもない。不安な中で一方的にだとしても知っている人間がいれば、自ら声をかけるくらいのことはする。

少し考える素振りをしてから彼の形の良い唇が開かれた。

「ああ、優弥の幼馴染《おさななじ》みの」

一応認識はされていたらしい。

「そうそう。同じクラスみたいだから、一年間よろしくね」

精一杯の笑顔を作って美緑は言った。新しい環境での生活が幕を開ける今、クラスで孤立したくないというのもあったが、優弥の友人で同じ中学校出身の彼と、友好的な関係を築きたいとも思っていた。

「よろしく」

しかし大地の方は、無表情でそう言うと正面を向いてしまう。まるで、これ以上会話を続ける気はない、とでも言うように。

その後も、美緑は何度か大地に話しかけた。

「生徒代表ってすごいね。入試の成績がこの高校で一番だったってことでしょ？」

「たまたまだと思うよ」

「てかさ、入学説明会のときに出された春休みの宿題やった？　せっかく受験が終わったっていうのに宿題とか酷いと思わない？」

「まあ、一通りは」

「部活とか、決めた？　やっぱり高校でも陸上部？」

「いや。たぶん入らないと思う」

「何で？」

「大学、行きたいとこあるし。勉強に集中する」

美緑の質問に、大地はただ淡々と答えだけを返す。そんな一方通行のやり取りだけど、会話のキャッチボールはしてくれている。露骨に嫌そうな表情も浮かべていない。嫌われているわけではない……と思う。けれども、どこかぎこちない。よそよそしいというか、白々しいというか……。

緊張しているのかとも思ったけど、生徒代表のあいさつのときの様子を見る限り、そんなふうには考えにくい。

「はい、それじゃあ今日はこんなところか。俺は基本的に化学準備室にいるから、何かあったら遠慮なく聞きに来てくれていいからな。あと、明日《あした》は自己紹介と委員会決めをする。適当に考えてくるように。そんじゃ、解散」

担任がそう言うと、生徒たちは次々と立ち上がって教室を出ていった。

美緑も帰ろうと教室のドアを開けると、廊下に優弥が立っていた。彼は美緑に気づいて、軽く右手を挙げる。どうしたのだろう。

「あ、もしかして平賀くん？」

新しい環境で心細く、気心の知れた友達と話したいのだろうと美緑は推測した。

「それならまだ中に――」

「いや、柳葉を待ってた」

「え？」

予想外の言葉に、素直に驚く。

「何だよ。悪いかよ」

優弥は頭の後ろを掻いて言った。中学校のときよりも伸びた髪のせいで、少し大人びて見える。

「いや、別にそんなことないけど……」

「クラスに知り合いもいねえし、一人で帰ってもよかったけど。せっかくだから」

何がせっかくなのかはよくわからないけれど、美緑に断る理由はなかった。そうして、美緑たちは二人で帰ることになった。

「そうそう。平賀くん、席が隣だった」

美緑も優弥も自転車通学だ。めったに車の通らない道路を、二人で並んでゆっくり走る。

「あー、大地ね」

「うん。話しかけたんだけど、全然会話が続かないの。何かスライムを包丁で切ってるみたい」

「スライムって」

優弥が笑う。

「大地は基本的にそんな感じだよ。無愛想というか、感情を表に出さないというか、そもそも感情の波が小さいというか……。たまに俺でも、あいつが何考えてるかわかんないとこあるし。まあでも、フツーにいいやつだから」

優弥が大地をそう評しているのを聞いて、美緑は安心した。どうやら、あれが彼の平常運転のようだ。

「へぇ。何かミステリアスなんだね」

「そうだな」

「で、優弥のクラスはどんな感じ？」

「そんなんまだわかんねーだろ。あー、でも担任は当たりかも。放任主義って感じ」

「いいなぁ。こっちは若い先生だから、色々と首突っ込んできそう」

「ま、そういうのもいいんじゃね？」

「んー、まあねー」

ペダルを踏みながら、美緑はこれからの高校生活に思いを巡らせた。

漫画やドラマみたいに、輝かしいキラキラした青春でなくてもいい。望むものは、そこそこ楽しく平和なスクールライフ。本音で話せる友人がいて、悩みを相談できる先生がいて、何でも打ち明けられる幼馴染みがいてくれたら、それ以上は何も要らない。

きっと、それでも贅沢《ぜいたく》な願望なのだろう。でも、願うだけならタダだ。できるだけ理想に近づけるように頑張ってみようと思う。

難しい授業や試験にうんざりしたり、学校行事を全力で楽しんだり。何か新しいことを始めてみたりもしようかな。好きな人なんかもできたりして……。

春の穏やかな陽気が、そんな素敵な三年間を美緑に予感させていた。

4

入学式の翌日、学級活動で行われた自己紹介がきっかけで、美緑は砂生彩楓と仲良くなった。

自己紹介で美緑が挙げた好きなアーティストが被っていたらしく、その後の休み時間に彼女の方から話しかけてきた。

そのアーティストのデビュー以来ずっとファンで、ＣＤは全部持っているし、たまにライブにも足を運んでいるらしい。かなりマイナーなグループだったので美緑も驚いたが、話が通じる相手は初めてだったので嬉《うれ》しかった。

二人はすぐに意気投合し、そのまま普段の学校生活でも一緒に行動することが多くなった。

彩楓は隣の大きな市の中学校出身で、高校までは電車で通っている。趣味は、ギターを弾くことと甘いものを食べること。

肩にかかるくらいのストレートの黒い髪はサラサラで、切れ長の目とすっと通った鼻筋は、同性の美緑から見ても魅力的だった。間違いなく美人の部類に入るだろう。

彩楓は、良い意味で女子高生っぽくない。自分の意見をしっかり持っていて、場に流されない強さがある。敵を作りやすそうな性格ではあるが、本人は気にしていないようで、そんな彩楓のことを美緑はすぐに好きになった。

彩楓以外にも、それなりに話の合う友達が数人できた。

怖い上級生や教師に目をつけられたり、変な人に絡まれたり、そういったことは今のところない。

美緑の高校生活は可もなく不可もなくといった感じで、順調かつ平凡に幕を開けた。

授業は中学のときに比べて、格段に難しくなった。進行スピードも速く、ノートをとるのがやっと。特に理系科目に関してはお手上げ状態だった。

一年生の一学期でこれなのだから、この先はより複雑かつ高度な内容になるのだろう。先が思いやられる。

いくつかの文化部を見学したが、最終的に入部には至らなかった。放課後は、美緑と同じく部活に入っていない彩楓と、ファミレスやファストフード店に寄って長時間居座ったりしている。

優弥は中学に引き続き、陸上部に入部した。

帰り際にグラウンドでトレーニング中の優弥を目撃することがある。優弥はいつも真剣な表情で、美緑はそんな彼の姿を見るのが好きだった。

大地は初日の宣言通り、部活には所属していないようだった。放課後はすぐに帰宅してしまう。彼のことだから、本当に勉強しているのだろう。

陸上部の上級生が何度か大地をスカウトしに教室まで来たが、彼はきっぱり断っていた。中学のときには、県でも上位に入っていた実力があるらしい、ということを優弥から聞かされた。

勉強もスポーツもできる大地を、素直にすごいと思った。きっと、それ相応の努力をしているのだろう。その上、天狗《てんぐ》になることなく謙虚であり続けるところも尊敬に値する。

昼休みには、優弥がたまに美緑の教室に来る。決して自分のクラスに友達がいないわけではないらしい。

大地の一つ前の席は、昼休みには決まって空いている。その席の生徒が、いつも学食に食べに行くためだ。優弥はそこに我が物顔でドカッと座り、後ろを向いて大地と話しながら昼食を食べるのだ。

優弥が来ると、大地の笑顔が多くなる。本当に仲が良いんだなぁ、と普段はあまり見ることのない、大地の笑った横顔が視界の端に映るたびに、美緑は思う。

彼らの会話は、大半が取るに足りない内容だ。いつも大地の隣の席で昼食を食べている美緑と彩楓も、たまに雑談に巻き込まれる。

そんなふうに日々を過ごしていると、優弥は彩楓ともいつの間にか仲良くなっていた。

優弥は、すぐに人と仲良くなってしまう。相手の懐に入り込むのが上手いのだろう。昔からそうだった。小学生の頃も、彼の周りにはたくさん人がいた。

彩楓と楽しそうに話す優弥を見て、美緑の胸の奥がちくりと痛んだ。自分の友達同士が仲良くなることは、いいことのはずなのに。何だかモヤモヤした気持ちになる。

その気持ちの正体を知ってしまうことが怖くて、美緑は歯がゆさを感じながらも、平静を装っていた。

5

思い描いていた楽しい高校生活は、あっという間に過ぎていく。ゴールデンウィークが終わり、中間テストが終わり、そして期末テストが終わった。

テスト返しや終業式などが残っているが、学期内に授業はもうない。実質夏休みの幕開けである。

試験後、かつ長期休暇前ということもあって、クラスには開放的な雰囲気が漂っていた。

「よっしゃー。夏休みだよ美緑ー」

美緑も例に漏れず、彩楓と夏休みの話をしていた。

「そうだね。彩楓はどこか行ったりするの？」

「何も予定がないのよ。行きたい場所ならいっぱいあるんだけどね」

「例えば？」

「海とか山とか、あと夏祭りとか！」

目をキラキラに輝かせている彩楓の口から出てきたのは、夏ならではの場所ばかりだった。

「いいね。楽しそう」

彩楓につられて、こちらのテンションまで上がってくる。

「行こうよ。怜《れい》とか愛実《あいみ》とかも誘ってさ」

怜と愛実は、美緑たちが普段親しくしている友人だ。

「うん。行こう行こう！」

そんな会話を繰り広げていると、意外な人物が話しかけてきた。

「柳葉さん」

大きくはないのに、不思議と聞き取りやすいクリアな声。平賀大地だった。

「はいっ」

思わず背筋を伸ばして返事をしてしまう。

「それと、たぶん砂生さんもなんだけど」

「たぶんってどういうことよ」

彩楓が文句を言う。

「優弥から伝言。夏休み、フェアリーランド行こうぜって」

「……どういうこと？」

美緑は首を傾げて聞き返す。優弥の誘いはいつも突然だ。今に始まったことではない。

フェアリーランドとは、隣の県にある人気のテーマパークである。ジェットコースターや観覧車などのアトラクションはもちろん、パレードやショーなどのイベントも豊富だ。

ランド内にはオリジナルのキャラクターをモチーフにした装飾が施されていて、現実から切り離されたかのような空間を演出することに成功している。レストランで出てくる食事やショップに売られているグッズは、全てフェアリーランド限定のものとなっている。

年に何度も通う人や遠方から泊まりで訪れる人も多く、老若男女問わず楽しめる娯楽施設として有名だ。

そんな、若者が遊びに行く場所として定番ともいえるフェアリーランドに、優弥が美緑たちを誘っているらしい。

「いや、俺もよくわからないんだけど、柳葉さんたちを誘っておいてくれって言われて。たちってことはたぶん砂生さんもだろうなって思って……」

大地は困った様子で首を捻《ひね》る。

「あ、黒滝くんだ」

彩楓の声で教室の入り口を見ると、ちょうど優弥が入ってくるところだった。

「ちょうど話してたみたいだな。というわけで、空いてる日程を教えてくれ」

美緑たちのいる場所へ近づいてくるなり、優弥はそう言った。

特に疑問の声も反対意見も出ることはなく、四人で出かけることは決定事項になった。

それぞれがスケジュールを確認し始める。結局、部活に入っていない三人が優弥の部活のオフに合わせることとなった。

美緑は、あまり表面には出さなかったが、密かに楽しみにしていた。

半年前に優弥と行った初詣《はつもうで》で絵馬に描いた絵も、フェアリーランドのキャラクターだった。キーホルダーを鞄《かばん》につけていたこともある。

優弥がそういったことを踏まえて誘ってくれたのだとしたら、それはとても嬉《うれ》しいことだと思った。けれども、優弥のことだからたぶんそこまで考えてないだろう。それに、美緑のためにそんなことをする理由も優弥にはないはずで……。

6

美緑は宿題を消化したり、彩楓や怜、愛美たちと買い物に行ったりして夏休みを過ごした。中学生のときよりも行動範囲が広がったせいか、とても充実した日々だった。

やがて、フェアリーランドに出かける日がやってきた。集合時間は朝早かったが、どうにか無事に起きることができた。

前日にあらかじめ決めておいた服に着替えて、まだ寝ている家族を起こさないように、慎重に家を出る。

程よく曇ってくれていて、ここ数日の中では一番涼しかった。それでもモワッとした暑さを感じる。

「おはよ」

家の前で、優弥が待っていた。白いTシャツに紺のハーフパンツという、ラフな装いだった。眠そうな目であくびをする。

「おはよう」

美緑は微笑んであいさつを返した。楽しい一日になる。そんな予感がした。

まだあまり人の乗っていない電車を乗り継いで、目的地へ向かう。最寄り駅では、早朝ということもあって人は少なかったが、フェアリーランド周辺になると車内は満員になった。

「うっわ。人すげー」

優弥の語彙《ごい》力の低い発言に、美緑は苦笑する。

「感想が田舎者っぽい」

と、冷静な大地のツッコミ。

黒のスキニーパンツにネイビーの半袖《はんそで》シャツ。寒色で揃えられた彼の私服は、見事に美緑のイメージ通りだった。

「そういえば、みんなここに来たのは初めて？」

白いブラウスに青のジーンズという、動きやすそうな格好の彩楓が言った。

「私は初めて。ずっと行きたかったんだけど、なかなか機会がなくて」

美緑が答える。

「俺も初めてだな」

「俺も」

優弥と大地も口々に言う。

「そうなんだ。まあ、私も小さいときに親に連れられて一回来ただけだから、全然覚えてないけどね。あ、ジェットコースターに身長制限で乗れなくて悲しかったことだけはよく覚えてる」

「じゃあ今日はリベンジだね！」

美緑が言うと、

「うん！　何が何でも乗ってやる」

彩楓はそう意気込んだ。

フェアリーランド内は混雑していた。夏休み真《ま》っ只中《ただなか》なので、当然と言えば当然だ。気温は朝よりも上がっていて、歩いているだけでも汗をかいてしまう。熱中症に気をつけなくてはならない。

「最初どこ行く？」

美緑がそう問いかけると、優弥がポケットからスマホを取り出した。

「今日の予定は俺に任せなさい。専用のアプリがあるのだよ」

ふっふっふ、と不敵に笑いながら彼は言った。待ち時間などをリアルタイムで調べることができるらしい。すごく便利だ。

「あれ、これわかんねえぞ。んん？　……どうすれば混雑状況が見れるんだ？」

優弥は困ったように、眉間《みけん》にしわを寄せる。

「ちょっと貸して。……あ、これだ」

結局、彩楓が優弥のスマホを操作して、効率的にランド内を回ることとなった。しょんぼりする優弥が何だか可愛かった。

お化け屋敷は思ったよりも演出がリアルで、クオリティが高かった。スタッフが扮《ふん》したゾンビは、メイクだとわかっていてもドキッとしてしまう。

彩楓がものすごく怖がっていたのが意外だった。

「無理。帰る。無理。ホント無理。帰る。ヤダって！　えっ何で何でちょっと待ってホント無理だから待ってイヤアアアアアアアアッ！」

普段の彩楓からは想像もつかない声で絶叫しながら、隣の美緑に抱き着いた。それを見た優弥は大声で、大地は口を押さえながら笑っている。

美緑も入る前まではビクビクしていたが、いざ入ってみると平気だった。自分よりも怖がっている人間がいると、逆に怖さが薄れてくるものらしい。

お化け屋敷を出た後に「砂生の声、録音しておけばよかった」と呟《つぶや》いた優弥が、彩楓に蹴《け》られていた。

彩楓が乗りたがっていたジェットコースターに乗ることになった。彼女は、お化け屋敷での絶叫とは違い、両手を挙げながら楽しそうな叫び声を上げる。

ジェットコースターから降りた後、四人は休憩することになった。大地が酔ってしまったのだ。

「大地、生きてる？」

優弥が、ベンチで体を折り曲げるように座っている大地に声をかける。心配しているというよりは、どこか楽しそうな感じ。

「……かろうじて」

「まったく、中学のときの遠征とかでもよくバスに酔ってたよな。二年生のときの県大会なんかお前──」

「やめろ黙れ。それ以上言うと一年の冬にお前が顧問のハゲた頭に鏡で太陽光反射させてバレて怒られた話するぞ」

「全部言ってるし！　お前こそ黙れよ！」

　酔ってはいるが元気そうだ。

「平賀くん、酔いやすいんだ。運動神経とはあんまり関係ないんだね」

　彩楓が言った。

「いや、別に俺、運動神経良いわけでもないし……。あー、気持ち悪い」

「私、何か飲み物買ってくる。平賀くん、水で大丈夫？」

「うん。砂生さん、ありがとう」

「あ、私も行く」

　美緑も喉《のど》が渇いていたため、同伴することにした。

「二人っきりだね、大地。膝枕《ひざまくら》してあげようか？」

「うるせえ優弥。酔いが治ったら腹パンな」

　悪ふざけする二人に美緑は吹き出しながら、彩楓と飲み物の売っている場所へ向かう。

7

とても楽しかった。

楽しい時間はあっという間に過ぎて、オレンジ色に染まる空が切なさを連れてくる。

「最後、あれ乗らない？」

優弥が指さしたのは、大きな観覧車だった。遊び疲れた美緑たちにはうってつけのアトラクションだ。ゴンドラからの景色が、きっと綺麗《きれい》に見えることだろう。

二十分くらい並んで、やっと美緑たちの順番が回ってきた。

優弥と美緑がまずは二人で乗り込む。その一つ後に、大地と彩楓。四人で一緒に乗るものだと思っていたので少し驚いたけれど、すぐに景色に目を奪われた。

「うわっ、綺麗。見て」

上昇していくゴンドラから見える茜色《あかねいろ》の空は、今まで見た空の中で一番綺麗だった。

夕焼けに照らされた街の様子が見える。

空に近づくにつれ、相対的に地面が遠ざかっていく。

「ジェットコースターのときも思ったけど、下界を見下ろすのって楽しいよな。権力者になった気分」

「何その最低な感想。もっとこう、綺麗だなーとかないの？」

せっかくの景色が台無しだ。

「俺はどっちかっていうと海派だからな」

「はいはいそうですか。……ってかさ、どうして二人なの？　普通に四人で乗れたんじゃない？」

流れに身を任せて乗ったら、いつの間にか優弥と二人で乗ることになっていた。意識しないように努めていたが、そう考えている時点で意識していることになってしまう。会話をするときも、声が上ずらないようにするので精一杯だ。

「せっかくならゆっくり楽しみたいだろ」

「別に、二人でも四人でも乗ってる時間は変わらないじゃん」

「バレたか」

「バカにしてる？」

「してるしてる。……もしかして、柳葉は気づいてないわけ？」

「何が？」

優弥の言わんとしていることが、美緑にはわからなかった。

「何でもない」

「ちょっと、教えてよ」

はぐらかす優弥に、美緑は頬を膨らませる。

「だめ」

意地悪く口角を上げてそう言った優弥に、美緑はドキッとした。

「お子ちゃまにはまだ早い」

「誰がお子ちゃまだって⁉」

「うわ。外、綺麗だなー」

「棒読みで話を逸らすな！」

そんなやり取りを繰り広げていると、いつの間にかゴンドラはてっぺんに差しかかっていた。

頭を悩ませてみても、二人で乗らなくてはいけない理由は、美緑には思いつかなかった。

地面が近づいてくると、余計に切ない気分になった。

空はオレンジから藍色《あいいろ》へ移り変わろうとしている。

美緑と優弥は地上に降り立つ。

大地と彩楓も、その数秒後に降りてきた。

「うっし、じゃあ帰るか」

優弥がそう言って、四人で歩き出す。優弥と大地、その後ろに美緑と彩楓がそれぞれ並び、二つの列を成す。

「高いところから見る景色、綺麗だったね」

「……」

「彩楓？」

「え？　あ、うん。そうだね。綺麗だった」

彩楓は、心ここにあらずといった感じで遠くを眺めている。

前を歩く大地も、観覧車に乗る前とどこか雰囲気が違うような気がした。まさか、観覧車でも酔ってしまったのだろうか……。

この日に何があったのかを、美緑が知ることになるのはもう少し後のことだった。

空の色が移りゆくように、四人の関係も少しずつ変わっていく。

第四章

もっと素敵なことが
待っていると、
信じて
疑わなかった。

1

フェアリーランドに出かけた日から三日後。彩楓に誘われて、美緑は学校の近くのファミレスに来ていた。

昼のピークを過ぎた頃。店内には、食事を終わらせて話し込んでいる客が多く見受けられる。

夏の暑さで火照った体に、冷房の風が心地よい。

「報告したいことがあるの」

食事を終えてそう切り出した彩楓は、どこか緊張している様子だった。

「何?」

「あの、ね……」

数秒間の沈黙。いつになく自信のなさそうな彩楓に、美緑は身構えた。

彩楓は、お店のロゴが入った透明なコップに手を伸ばす。残りが少なくなっていたアイスティーで、一度喉《のど》を潤した。覚悟を決めるように、大きく息を吐く。そして彩楓は、美緑をじっと見据えて言った。

「実は、平賀くんと付き合うことになって……」

「えっ、そうなんだ。おめでとう！」

驚きと安堵《あんど》が同時にやってきた。

彩楓の緊張した様子から、悪い報告だと思っていたのだ。美緑は祝福の言葉を口にする。

「うん。ありがとう」

彩楓はそこでやっと笑顔になった。幸せそうなオーラがあふれる。

「でも、さっきはどうしてあんなに緊張してたの？」

「いや、そりゃあ……」

一瞬、何かを考えるような間を空けて。

「普通に緊張するよ。このこと、まだほとんど誰にも話してないし。だから、美緑がおめでとうって言ってくれてすごく安心した」

赤くなった顔を手であおぐ彩楓。

いつもはしっかり者の友達の新しい一面を、美緑は愛おしく思った。

「そっか。でも、びっくりしたな」

美緑の驚きはかなり大きかった。大地も彩楓も、恋愛とかそういうことにあまり興味がないのではないかと思っていたからだ。

二人とも異性に好かれそうなのに、まったくそういった話をしなかったし、恋愛に関する噂もなかった。友達として贔屓目《ひいきめ》に見ているわけでもない。彩楓なんて、入学して数日で上級生に告白されていた。

どこか同じような雰囲気を持った二人だからこそ、付き合うことになったのかもしれない。

タイプは違うものの、周囲に流されず常に自分を持っているようなところは、大地と彩楓に共通している美点だ。

曲がったことが嫌いで、強い芯《しん》を持った彩楓と、いつも穏やかで、大人びた雰囲気の大地。こうして並べてみると、そんな二人はとてもお似合いのような気がした。

「はぁ。ついに彩楓に彼氏ができちゃった……。寂しくなるなぁ」

「ふふふ。存分に寂しがってくれたまえ」

彩楓がおどけて言う。

「でも平賀くんかぁ。なんか納得」

「そう？」

「うん。平賀くんって優しいし、誠実そうだし。将来、すごくいい旦那《だんな》さんになりそうだなって思って。お嫁さんになる人はきっと幸せなんだろうなぁ」

「うん。そうだね」

と答える彩楓は、笑っているような、困っているような、何とも言えない表情だった。自分の好きな人を褒められて、照れているのかもしれない。

「で、どっちから告白したの？」

　単純に興味があって、美緑は問いかけた。

「……私から。この前、四人で出かけたじゃん。で、最後に観覧車に乗ったときに告白したの」

　彩楓は頰を染めて、恥じらいながら言った。普段のサバサバした言動とは一転して女の子らしさ全開な友達に、美緑は思わずときめいた。

「何それ！　ドラマみたい！」

　そういえば、あの日、観覧車から降りてきた二人の様子が少し変だった。今になってその理由がわかる。

　──もしかして、柳葉は気づいてないわけ？

　優弥が観覧車の中で言っていた台詞《せりふ》を思い出す。

　観覧車にわざわざ別々に乗ったのは、大地と彩楓を二人きりにするためだったのか。ということは、彩楓の気持ちに優弥は気づいていたということになる。優弥はそういうことに疎いと思っていたから、美緑は少しショックを受けた。

「じゃあ、優弥も二人が付き合ってることは知ってるの？」

「実は、黒滝くんには前から相談してて。ほら、黒滝くんって平賀くんと仲良いじゃない？　色々と攻略法みたいなものを教えてもらってたの」

なるほど。そういうことか。美緑は納得した。それならば、大地に対する彩楓の好意に優弥が気づいていたのもうなずける。

「そう……なんだ」

なぜ自分には相談してくれなかったのだろう。そんな疑問が生じた。

相談されたところで、力になれるとは思わないけれど、友人と恋バナをするのは女子としてすごく憧《あこが》れることだ。

もしも美緑に好きな男子ができたら、真っ先に彩楓に相談すると思う。

でも、今こうして報告してくれているのだから、まあいいか。

美緑たちはテーブルとドリンクバーを何往復もしながら、色々な話をした。

今度初めて二人きりで出かけることや、大地の誕生日がもうすぐで、何かプレゼントをしようと思っていること。

入学してから間もない頃、彩楓が日直の仕事を残ってやっていたら、大地が手伝ってくれたこと。そのときから気になり始め、いつの間にか好きになっていたこと。

誰かを好きになるのは、とても幸せなことなのだろう。嬉《うれ》しそうに話す彩楓からは、それがひしひしと伝わってくる。

「今日は、そのことを言いたかったの。聞いてくれてありがとね。美緑には早く伝えなきゃと思ってたから……」

一瞬、その言葉の意味がわからなかった。彩楓にとって、美緑が一番の友達だと言いたいのだろうか。だとしたらとても嬉しいことだ。とりあえずそう解釈しておく。

「こちらこそ、素敵な話を聞かせてくれてありがとう。幸せ、分けてもらうね」


結局、二人が解散したのは夕方になってからだった。

彩楓を駅まで送り、美緑は一人で家までの道を歩く。

友達と友達が恋人になるのは、何となく変な気分だ。だけど嫌というわけではなくて、心から祝福できるような素敵なカップルだと思う。

美緑は、誰かと付き合うということに漠然とした憧れは抱いているものの、恋愛感情としての〝好き〟がまだよくわからなかった。

自分もいつか、誰かと恋をするのだろうか……。

パッと思い浮かんだのは優弥の顔で、慌ててかき消す。

優弥は別にそういうのじゃなくて、ただの仲の良い男子だ。今さらそういう関係になろうとしても難しいような気がする。向こうだって同じように思っているだろう。

だから、心臓の鼓動が速くなっているのは、何かの間違いだ。

2

八月の下旬に差しかかったある日。スマホにメッセージが届いた。差出人が優弥だとわかったとき、少しだけドキッとした。

いつの間にか美緑の中で優弥は、ただの仲の良い幼馴染《おさななじ》みの男子から、ちょっとだけ気になる男子になっていた。そんな気持ちの変化を、美緑は認めつつあった。

彩楓と大地が付き合い始めたことも、優弥を意識してしまう一つの要因になっていた。

しかし、優弥のことが気になるからといって、自分がとるべき行動が明確にわかっているわけではない。余計なことをして今の関係を壊したくないし、何もしないというのも違う気がする。せいぜい悩むことくらいしか、美緑にできることはなかった。

優弥からのメッセージは『来週の日曜、花火大会。予定空けといて』という、絵文字も顔文字もない単刀直入なものだった。相変わらず雑な文章に、思わず微笑みが漏れる。

おそらく、彩楓と大地にも同じような文面を送っているのだろう。

花火大会は一週間後だ。美緑は浴衣《ゆかた》を着ようと思った。初詣《はつもうで》のときは勇気が出なくて着物を着られなかったし、ただ単に美緑が着たいというのもある。しかしそれ以上に、優弥に見てもらいたかったのだ。それを自覚したとき、顔が熱くなった。

美緑はすぐに彩楓に連絡し、一緒に浴衣を買いに行く約束をした。これで退路を断つことができた。ときに、勢いというものは大事だ。明日《あした》になったら、浴衣を着るのを躊躇《ためら》ってしまうかもしれない。

彩楓の住んでいる市の、大きなショッピングモール。

たくさんの人が買い物を楽しんでいた。長期休暇ということもあり、特に学生らしき若者の姿が多い。

ちょうど夏祭りのシーズンであるため、浴衣を売っている店舗は何軒かあった。高校生のお財布事情でも手の届きそうな店をいくつか回る。

「あ、これいいな。どう、彩楓？」

美緑は白と青の花柄のものを選び、鏡の前で合わせてみる。

「えー、どれどれ？」

彩楓が後ろから鏡越しに覗《のぞ》き込む。目を細めて美緑の全身を観察し、不満そうな表情を浮かべる。

「うーん。少し地味かな」

「そう？」

「そうだよ。もっと華やかな方が美緑の儚《はかな》げな可愛さが際立つって」

「そんな、私は可愛くなんて——」

「ちょっと待ってて」

美緑の否定の言葉を無視して、彩楓は店内を移動する。

「美緑はこっちの方がいいと思う。あとは、これとか」

彼女は自分の浴衣をさっさと決めてしまうと、真剣な顔をしながら、美緑に似合いそうな浴衣を何点かチョイスして持ってきた。自分のものよりも、美緑の浴衣選びの方が熱心なくらいだ。

美緑は、その浴衣を着ている自分とそれを見た優弥の反応を想像しながら、時間をかけて浴衣を選んだ。

最終的に美緑が購入を決めたのは、ひまわりの柄の浴衣だった。紺色の生地に、黄色い花がよく映えている。

彩楓からは「すごく似合ってる！」と太鼓判を押してもらった。

美緑は少し派手すぎると思っていたけれど、高いテンションで褒められると、案外似合っているように思えてくるから、人間というのは不思議なものだ。

「報告、楽しみにしてる」

帰り際に彩楓が言った。

「え？」

報告、というのは何のことだろう。美緑には、まったく心当たりがなかった。

「あっ、何でもない。忘れて」

彩楓は何かに気づいたように両手で口を塞《ふさ》ぎ、ごまかすように笑った。

その台詞《せりふ》と意味深な笑みの意味が、このときはまだわからなかった。

そもそも花火大会には、フェアリーランドに行ったときのように、彩楓と大地も一緒に行くものだと美緑は勝手に思っていたのだ。

3

夏祭り当日。あれだけ悩んで買った浴衣だったのに、いざ家で着てみると何だか変な気がしてくる。それに、気合いが入りすぎてると思われるのも嫌だった。

でも、せっかくそれなりのお金を出して買ったわけだし……。

着ていかないのは浴衣にも、一緒に選んでくれた彩楓にも申し訳ない。髪も浴衣に合わせてアップにしてしまった。そういうふうに着るための理由を並べながら、美緑は覚悟を決める。

「お待たせ」

家を出て、すでに待っていた優弥の背中に声をかける。

白いシンプルなシャツに、七分丈の青のパンツ。

振り返った優弥は、美緑の浴衣姿を見ると目を見開いて、そのまま数秒無言を貫いた。

「ちょっと。何か言ってよ」

ただ見られるだけというのは恥ずかしい。

「いや、似合ってる……な」

鼻で笑われるかと思っていた美緑は、優弥のその言葉に驚いた。続いて、嬉《うれ》しさが全身に染み渡る。

勇気を出して正解だった。

「……う、うん。ありがと」

よっぽど気の抜けた顔をしていたのだろう。優弥が怪訝《けげん》そうに眉《まゆ》をひそめる。

「何だよ、その緩んだ顔は」

「さっきの、もっかい言って」

調子に乗ってねだるが、優弥は「うるせえ。行くぞ」と言って歩き出してしまった。

そんな素っ気ない態度も気にならないくらい、美緑は嬉しかった。

電車に乗り、花火大会の行われる会場の最寄り駅に到着する。

「彩楓と平賀くんはどこで合流するの？」

美緑は優弥に聞いた。

「来ねえよ」

「えっ？」

「そもそも、誘ってないしな」

この前みたいに大地と彩楓も一緒だと思っていたので、美緑は驚いた。

買い物に出かけたとき、彩楓も浴衣を買っていたが、今日のためではなかったのか……。よく考えれば、彩楓や大地が来るとは一言も聞いていない。

二人とも来ない。それはつまり――優弥と二人きりということを意味する。

中学三年生の冬、初詣に誘われたことを思い出した。あのときだって二人きりだった。けれど今、優弥との距離は前よりも確実に近くなっている。

「どうして今回は二人を誘わなかったの？」

その質問は、どうして私だけを誘ったの？　と同じ意味だ。けれど、そんなことをストレートに尋ねる勇気を、美緑は持ち合わせていなかった。

「ほら……あいつらのデートの邪魔しちゃ悪いだろ」

優弥はそう答えたが、歯切れが悪い。それに、どこか不機嫌そうだ。

「あ、たしかに。……そうだよね。あの二人、付き合ってるん――」

「あーもう！　そうじゃねーって！　ちげえよバカ！」

優弥が美緑の言葉を遮って、少し怒ったように自身の言葉を否定した。

「え？」

二人は目を合わせたまま沈黙する。その間、数秒。優弥が苛立《いらだ》ち気味なのがわかる。

「俺が、柳葉と二人で来たかったんだよ！」

そんな台詞を、美緑の顔をじっと見つめて言う。

今日の優弥は、どこか変だと思った。それに美緑自身もおかしい。心臓の鼓動が速い気がする。

夏の暑さは、人を浮かれさせると聞いたことがあった。

「それって……どういうこと？」

「そのまんまだよ。ほら、行くぞ」

優弥は、ふいっと後ろを向いて歩き出した。まだ少し怒った口調ではあったが、歩幅は美緑に合わせてくれている。何か別の感情を隠すために、無理やり苛立っているようにも思えた。

正直に言ってしまえば、嬉しかった。好意を持っていない異性と、二人きりで花火大会には行こうとしないだろう。その好意が恋愛的なものかどうかはわからないけれど、それだけ美緑のことを特別に思ってくれているということだ。

同時に、不安要素もある。

知り合いに見つかったりしたらどうしよう。自分と優弥が付き合ってるなんて噂が流れたら……。

美緑は嫌ではなかった。だけど、優弥は嫌がるかもしれない。そんなことを勝手に考えて、勝手に沈む。けれど、誘ってきたのは向こうだ。マイナス思考はやめよう。

果たして私は、優弥とどうなりたいのだろう……。

美緑は自分自身に問いかける。

何でも言い合える幼馴染《おさななじ》み？

気の置けない友人？

それとも――。

美緑の中で、答えはまだ見つからない。

4

花火大会の会場は、子ども連れの夫婦や大学生の集団、手をつないでいるカップルなど、様々な人間でごった返していた。

「ねえ、今すれ違ったの、社会の星《ほし》先生じゃない？」

優弥のクラスの担任だった。美緑のクラスの地理の授業を担当している。

「マジか。意外だな。あのおっさん、家に引きこもって難しい本読んでそうなのに」

「何その偏見。あ、見て。あの子。何だっけ、タイトル忘れちゃったけど、懐かしいお面」

「ホントだ。あのアニメだろ？　えーと……あー、俺もタイトル出てこねえな。柳葉が最終回でギャン泣きしてたのは覚えてる」

「ちょっと。それは忘れてよ！」

先ほどの二人の間の気まずい雰囲気は、喧騒《けんそう》に吹き飛ばされてどこかへ消えてしまったかのようだった。

様々な屋台が並ぶ道。威勢のいい呼び込みの声や、焼けた食べ物の香ばしい匂いがあらゆる方向からやってくる。

美緑たちは焼きそばとリンゴ飴《あめ》を買って、歩きながら食べる。

「あちぃ～。喉《のど》渇いた」

無料で配られた広告つきのうちわであおぎながら、優弥が言った。

「私も～」

「よっしゃ。ラムネ買うぞ」

「何でラムネ？」

「そりゃ、夏祭りだからに決まってんだろ」

美緑たちは、ラムネを売っている屋台を探した。飲み物の屋台はたくさんあったが、ラムネを売っていなかったり売り切れてしまっているところが多く、なかなか見つからなかった。

十分くらい歩き回って、やっとラムネを売っている屋台を発見し、二人分のラムネを購入する。

「喉を潤すために喉渇いちゃってるじゃん」

歩き疲れた美緑が文句を言う。

「わかってねえなぁ。夏祭りと言えばこれなんだよ」

「たしかに美味《おい》しいけどね」

美緑も購入したラムネを飲む。優弥の言った通り、夏祭りの雰囲気を感じることができた。

二人とも飲み終わったタイミングで、花火が始まるというアナウンスが会場に流れた。

「花火だって。見ようよ」

「ああ。歩き回って足も疲れたしな」

「そうそう。誰かさんがラムネ飲みたいとかわがまま言うからね」

「結局柳葉だって飲んでただろ。……ここら辺でいいか」

「うん」

二人は、高さのちょうどいい花壇に腰かける。

一筋の光の線が重力に逆らい、夜空へと昇っていく。

乾いた音が轟《とどろ》き、それが合図となって、小さな光の粒たちが同心円状に広がる。

その一発を皮切りに、次々とまばゆい光がはじけて——。

夏の風物詩、花火大会が始まった。

「……綺麗《きれい》」

美緑は感動のあまり、それしか言えなかった。

たまに、家の窓から見える花火を眺めることくらいはあった。しかし、人ごみと暑さが苦手な美緑は、花火があるような大規模な夏祭りに行った記憶がない。

近くで見る花火が、こんなに素敵なものだとは思わなかった。今までもったいないことをしていた。その意味でも、誘ってくれた優弥に感謝しなければ。

「炎色反応だな」

優弥が、空を見上げながら呟《つぶや》いた。

炎色反応は、一学期にちょうど化学の授業で習った、金属特有の化学的な反応のことだ。リアカー無きK村……だっけ。

「その言い方やめてよ」

美緑が抗議する。

「何で」

「情緒がなくなるじゃん」

この前の、観覧車のときもそうだった。

「でもさ、すげーよな」

「花火？」

「炎色反応。ざっくり言っちゃえばただの化学的な現象なのに、人間の知恵とか技術とかを駆使して、こんだけ多くの人の心を動かすものにしてるわけだろ？」

周りの人たちも、次々と色や形を変えながら打ち上げられる花火に見入っている。

「うん。そう言われてみれば、すごいかも」

二人はしばらくの間、黙って花火を見ていた。

色とりどりの大輪の花が、夜空に咲き乱れては消えていく。

一生分の夏を味わったような感じだ。

およそ二十分をかけて、花火は終わった。

美緑の胸に、切ない気持ちがこみあげる。

花火を作るのはものすごく大変というような話を聞いたことがある。たくさんの時間をかけて準備してきたものが、わずかな時間で役目を終えてしまう。そんな儚《はかな》さも、人々を感動させるのに一役買っているのではないだろうか。

「よっしゃ、帰るか」

優弥が口を開いた。

「うん」

その言葉に安堵《あんど》して、美緑はうなずく。

二人きりだと知った辺りから、うっすらと怖さを感じていた。

隣の家に住んでいるまあまあ仲の良い同級生という、今までの二人の関係を変えてしまうような何かが、今日は起きるんじゃないか。そんなことを予感していたのだ。

5

何事もなく終わった帰りの道を、美緑は拍子抜けした気分で歩く。

ふと夜空を見上げると、月と星が見えた。美緑が抱いていた警戒心がすぅーっと暗闇に吸い込まれていく。

……警戒心？　いや、違う。どちらかというと、抱いていたのは期待だった。

美緑の浴衣《ゆかた》を見て、似合ってると言ってくれたとき、嬉《うれ》しかった。

――俺が、柳葉と二人で来たかったんだよ！

その言葉を聞いたとき、たしかに幸せを感じた。

だから、家まであと数十メートルくらいの場所で優弥にいきなり、

「好きだ」

そう言われたときには、心臓が止まるかと思った。

聞き間違いだろうか。そう思ったけれど、美緑の目の前には、立ち止まって真剣な表情で美緑を見つめている優弥がいた。

「どうして……今言うの？」

泣きそうになるのをこらえながら、美緑は言った。言葉では言い表すことのできない、初めて味わう感情が、心の内側からあふれてくるようだった。

「さっき言おうとしたけど、緊張して……」

「ばか」

優弥のことは好きだし、いい人だと思う。けれども、恋愛的な意味での好きかと問われると、はっきりと答えられない。

自分自身の曖昧《あいまい》な感情が理解できなくて、それがとても悔しい。優弥はこんなにストレートに、美緑に好意を伝えてくれているのに。

だけどきっと、これからこの人のことをもっと好きになっていくのだろう。そんな予感はあった。

「もうちょっと……歩きませんか？」

自分の提案が恥ずかしくて、敬語になってしまう。

「ん」

優弥が短く了承する。

二人はどちらからともなく手をつないで、家とは逆方向に角を曲がった。

優弥に手を握られるのは、中学三年生のとき以来だった。体調不良の美緑を、優弥が保健室まで引っ張っていったことを思い出す。でも、あのとき優弥がつかんでいたのは美緑の手首だった。

だから実質、優弥とちゃんと手をつないだのは今日が初めてだった。小学校低学年のときのはノーカンにさせてもらう。

そのまま二十分くらい、二人は色々と話しながら歩いた。美緑の心臓は、普段の二倍速くらいで鼓動していた。つないだ手から、嬉しさと緊張が優弥に伝わっているような気がして、恥ずかしかった。

「そうだ。まだ言ってなかったよな」

静かな川沿いを歩きながら、優弥が言った。

「え？」

美緑は立ち止まる。

優弥も足を止め、美緑の方を向いて。

「俺と、付き合ってください」

つないだ手に、ギュッと力が入るのを感じた。

「……はい。よろしくお願いします」

その手をしっかり握り返して、美緑は迷いなく答えた。

面と向かって告白された恥ずかしさや、幼馴染《おさななじ》みといきなり恋人同士になることに対する不安はあった。しかし、それらが些細《ささい》なことに思えるくらい幸せだった。

こうして、彩楓と大地の後を追うように、美緑と優弥も付き合い出した。

夏が、二人の関係を塗り替えて——。

今の美緑には、幸せな未来しか思い描けなかった。


帰宅後、いても立ってもいられなくなって、美緑は彩楓に電話をかけた。

「あ、彩楓？　あのね——」

話にまとまりを欠いたまま、テンパりながら今日あったことを報告した。誰かに話すことですら緊張する。心臓の鼓動はまだ、高まったままだ。

〈よかったじゃん！〉

彩楓はまるで自分のことのように喜んでくれた。あまり驚いた様子がなくて、美緑は少し違和感を抱く。

「あ！　もしかして、この前言ってた〝報告〟ってこのことだったの？」

——報告、楽しみにしてる。

浴衣を買いに行ったとき、彩楓はそう言っていた。

〈ええっ？　美緑、今気づいたの？〉

あのときは、花火大会に彩楓も大地も一緒に行くと思ってすらいたのだ。自分がそうとう鈍いらしいことを改めて自覚する。

優弥が美緑に告白しようとしていたことは、彩楓も知っていたということだろうか。だとすると、余計に恥ずかしい。

「うわっ！　やられた。どこまで知ってたの？」

〈黒滝くんが美緑のことを好きってことは知ってた。ってか何となくそう思ってたし、この前大地から聞いた〉

つまり、大地も知っていたということになる。おそらく、優弥が大地に話していたのだろう。知らなかったのは自分だけらしい。

何だか、世界に置き去りにされた気分だった。

「えー!?　何それ！　何か私がバカみたいじゃん！」

〈まあいいじゃん。改めておめでとう！〉

それから数分の雑談を経て、彩楓との通話を終えた。

彩楓が、大地をさりげなく名前で呼ぶようになっていたことに、美緑は気づいていた。

優弥もいつか、自分のことを名前で呼んでくれるようになるのだろうか……。

こうして、八月の終わりに大きな転機が訪れ、美緑の高校一年生の夏休みは幕を閉じた。

6

「優弥と付き合うことになったんだってね」

二学期の始業式の朝、大地が言った。

「ああ、うん。まあ……そういうことになった」

改めて口にされると照れくさい。隠すつもりはないけれど、周りに聞こえていないか、ついキョロキョロしてしまう。

「優弥はいいやつだから、柳葉さんのこと、きっと幸せにしてくれると思う」

優しくて柔らかい声音だった。それでいて、大地は真剣な目をしていた。優弥のことを信頼しきっている様子がうかがえる。こういう、男同士の友情みたいなやつは、ちょっといいなって思う。

「そんな。大げさだよ。あ、優弥がいいやつってのは私も知ってるけど。幸せとか、そういうのは……まだ付き合い始めたばっかりだし」

「ああ、ごめんごめん。あと、あいつ、たまに何も考えないで突っ走るときがあるけど、上手く制御してあげてほしい」

「制御って……ふふっ」

「何で笑うの？」

「いや、平賀くん、保護者みたいだなと思って」

「あはは。その通りかもしれない」

事務連絡以外で大地から美緑に話しかけてきたのは、これが初めてのことだったかもしれない。彼もだんだん、美緑に素を見せるようになってきたということだろうか。

何だか、少し嬉《うれ》しかった。

大地はバッグからチョコレート菓子の袋を取り出して、一つ口に入れた。彼は甘いお菓子が好きらしく、よく休み時間などに食べている。それで太らないのだから羨《うらや》ましい。

美緑が見ていたからだろうか。

「あ、柳葉さんも食べる？」

そう言って大地は、袋を美緑に差し出した。

「うん。ありがとう」

美緑は微笑みながら、袋に手を突っ込んで、チョコレートを一つ受け取った。

「ところで、平賀くんは、彩楓とは上手くいってる？」

「……うん。俺にはもったいないくらい。すごく良い人だよね」

何だろう。一瞬、彼が暗い表情を見せたような気がした……。それに、彩楓に対してどこか距離を感じる言い方だった。私が首を突っ込むべきではないとわかってはいるけれど、少し心配だ。

「彩楓のこと、泣かせたら許さないからね」

美緑は冗談っぽく、笑って言ってみる。

「肝に銘じておきます」

と、大地も軽く返してくれた。

このときに感じた違和感の正体は、それから一ヵ月も経たないうちに判明する。

昼休みの中庭。暑すぎず寒すぎず、ちょうどいい気温の日。美緑と彩楓は二人で弁当を食べていた。

そこで、彩楓から驚くべき発言が飛び出した。

「どうしたら、大地は私のこと好きになってくれるかな」

「えっ？　ちょっと待って。だって、彩楓はもう平賀くんと付き合ってるじゃん」

言っている意味がわからなかった。純粋な美緑にとって、恋人とは、互いに想い合っている二人がなるものだった。

「実はね、私たち、両想いじゃないの」

「それ、どういうこと?」

「私、一回大地にフラれてるんだ」

「そうなの?」

初耳だった。

「うん。六月くらいかな。好きだから付き合ってって言ったんだけど、断られちゃって。そのときは、恋愛に興味がないって言われたんだ」

「へぇ……」

「で、ほら。夏休みに観覧車乗ったとき、あれも私の方から告白したの。そしたら、好きな人がいるって教えてくれた。でもやっぱり諦《あきら》められなくて、私のこと好きじゃなくてもいいから、とりあえず付き合ってみようよって」

「うわ。すごい……」

思わぬ彩楓の肉食ぶりに、美緑は若干困惑する。

彩楓が以前にも積極的なアプローチをしていることに驚いたが、それ以上に大地に好きな人がいるという事実が意外だった。

ということは、大地は好きな人がいながら彩楓と付き合っているということになる。

当の彩楓がそれを知っているわけだから、外野がとやかく言うことはないのだろうけど、何だかモヤモヤする。

「そしたらやっと付き合ってくれることになって」

彩楓はそれでいいのだろうか。いや、いいわけがない。現に、少し悲しそうな表情をしている。

それでも、大地を振り向かせようと努力しているし、彼の方もそれにできるだけ応えようとしている……ように思えた。

「でも、平賀くんの好きな人って誰なんだろうね」

「さぁ。聞いても教えてくれないし。それに、本人曰《いわ》く、絶対に手の届かない人らしいよ」

「何それ。余計気になるじゃん！」

アイドルとか芸能人？　それとも教師？　既婚者？　本人に失礼とはわかっていても、つい考えてしまう。

「私も知りたいとは思うけど、そんなことよりも大地に好きになってもらえるよう努力しなきゃね」

そんな前向きな彩楓の台詞《せりふ》に胸を打たれる。

「彩楓なら大丈夫だよ」

言葉で励ますくらいしか、美緑にできることはなかった。

恋は難しい。

もしも、一軒家くらいの大きさの心があったとしたら、自分の意志で動かすことのできるのはきっと、一室の中にある机の引き出し一つ分くらいなんじゃないかって思う。

だから当然、誰かを好きになることなんて、コントロールのできないことで。

好きになった人が自分のことも好きだった、などというのは、紛れもなく奇跡だ。

どれだけ想っても、その気持ちが伝わったとしても、相手に好きになってもらえないことだってある。

世界中には、そんな悲しいすれ違いが星の数ほどあるのだろう。

いつか、その想いが通じればいいのに。

彩楓の幸せを、美緑は心から願っていた。

7

空気が肌寒くなってきた秋のある日。美緑は彩楓の家に呼ばれた。見せたいものがあるのだと言う。

二人は学校でもそれ以外でも、行動を共にすることが多かったが、家に招かれるのは初めてだった。

美緑は、彩楓の部屋の前に立っていた。おそらく片づけているのだろう。

三分ほど待つと、彩楓が「もう入っていいよ」とドアを開けて言った。

「……おじゃまします」

少しだけ緊張しながら、美緑は入室する。

水色を基調とした、素敵な部屋。それが第一印象だった。カーテンや絨毯《じゅうたん》が青系で統一されており、落ち着いた印象を受ける。

「汚くてごめんね」

という彩楓の言葉は、おそらく謙遜《けんそん》なのだろう。美緑には、十分に清潔で整理整頓《せいとん》も行き届いているように見えた。

「あ、上着はそのハンガー使って」

「ありがと。で、見せたいものって何？」

薄手のコートをハンガーにかけながら、美緑は聞いた。

「ふふふ。今日見せたかったのは、この子！」

いつになくご機嫌な彩楓が、ミニテーブルの上を示す。そこには透明なケージが置かれていて、中で何かが動いていた。

「かっ、可愛い！」

小さなハムスターだった。カラカラカラカラカラ、と滑車を回している。

「でしょでしょ」

彩楓は自慢げに言った。

「ヤバいね、これ。ずっと見てられる。名前は？」

「名前はクロ。ほら、背中のとこ、ちょっと黒くなってるでしょ。あとね、餌を食べてるときのほっぺがすごく愛らしいの。たぶん、世界で一番」

彩楓は興奮し、聞いてもいないことまで話し出す。その親バカっぷりに、美緑は思わず吹き出してしまう。

「でも、どうしたの？　いきなりハムスターを飼い始めるなんて」

彩楓から、ペットを飼いたい、というような発言は今まで聞いたことはなかった。

すると、何かきっかけのようなものがあったのだろう。

「たまに通る道にペットショップがあるんだけど、そこで外から見えるケージにこの子がいてね。目が合ったのよ。可愛いなぁって思って見つめてたら、偶然お店の外を掃除してた店員さんに話しかけられたの」

「へぇ。店員さんからしてみれば、営業チャンス到来！　ってところかな」

「うん。で、その店員さん曰く、同じ時期に入荷したハムスターの中で、この子だけ売れ残っちゃったんだって。そしたら、何かもうさ、この子から『連れてって』って声まで聞こえてきちゃって。ああー、これが運命ってやつかー、なんて思って購入しちゃったってわけよ」

「彩楓って、意外とチョロいんだね」

そんな彩楓もいいと思うよ、という台詞はさすがに恥ずかしくて飲み込む。

「人情味にあふれてると言ってほしいな」

それから、美緑と彩楓は色々な話をした。

彩楓は相変わらず、大地との関係に悩んでいるらしい。

大地と彩楓は、一見、理想のカップルのように見えるけれど、少し複雑な事情があることを美緑は知っている。

「何かさ、こう、向こうも色々と優しくしてくれてるのはわかるんだけどね」

彩楓は、静かにため息をつく。

「やっぱりふとしたとき、この人が好きなのは私じゃないんだな、って思っちゃうの」

「うん……」

しばらく、クロが滑車を回す音だけが部屋に響いて。

「そもそも、今の関係だって一方的に無理やり頼んでるようなもんだし。これ以上望むのは、私のわがままなのかな……」

落ち込む彩楓を見るのは、美緑もつらかった。

だからといって大地を責めるのも筋違いだ。

彼に、彩楓のことを好きになれ、なんて言えるわけがない。

それに、彼もきっと、誰かへの届かない想いに悩んでいるのだ。

どうして、こんなにも上手くいかないのだろう。

何も力になれない自分が悔しかった。

別れた方が、二人とも楽になるのではないか。そんなふうに思ったこともある。しかし、美緑は決してそれを口に出さない。それは本人たちが決めることだ。

「はい、この話おしまい！　次、美緑の番ね」

彩楓が暗い雰囲気を吹き飛ばすように、手を叩《たた》いて言った。

「ええ⁉」

この切り替えの早さも、彩楓の長所の一つだ。

「黒滝くんとはどうなってんの？　一番最近のデートは？」

先ほどとは打って変わって、彩楓はマイクを向けるジェスチャーをしながら、楽しそうに質問してきた。

それから約一時間、美緑は彩楓の質問攻めに遭った。

ようやく解放されると、その日はお開きとなった。

美緑は、それから何度か彩楓の家に遊びに行った。二人でクロを愛でながら、とめどないおしゃべりをする時間が、とても楽しかった。

餌を食べているクロは可愛かったけど、それを眺める彩楓の緩んだ表情も負けていないと思う。

8

優弥には部活もあって、あまり恋人らしいことはできなかった。

けれど、自分のことを好きでいてくれる人がこの世界にいるという事実だけで、美緑は嬉《うれ》しかった。

優弥と付き合い始めてから、メッセージのやり取りや会話の頻度は上がった。優弥の部活が終わるまで図書室で待って一緒に帰ったり、休日に二人で出かけたりすることもたまにあった。

しかし、外から見る分には、今までとはあまり変わらない。

二人の関係はまだ、幼馴染《おさななじ》みの友達の延長線上にあった。

そんな関係に変化が訪れたのは、付き合い始めてから最初のクリスマスだった。

その日二人は、隣の市の大型ショッピングモールに出かけていた。

並んで歩きながらウィンドウショッピングを楽しんだり、ほんのちょっとだけ高いファミレスでご飯を食べたりした。

狙っていた映画はすでに席が埋まってしまっていて、人気のなさそうな別のものを観たのだが、これが予想に反して当たりだった。

「フツーに面白かったな」

「ね。ラッキーだった」

「残り物には福があるってやつだろ」

高校生のカップルらしい、模範的なクリスマスの過ごし方だと思う。

何の変哲もないただのデートだけど、特別な人と過ごす一日は、それだけで特別だった。

クリスマスなだけあって、周りもカップルが多かった。

そこら中に幸せな雰囲気が漂っているように感じられた。もしくは、美緑自身がただ単に幸せなだけかもしれない。

映画を観終わった後、ゲームセンターで財布に気を遣いながらもクレーンゲームに熱中していると、時刻は夕方の六時を過ぎていた。

混み始める前に、と少し早い晩ご飯を食べて帰路につく。

二人は手をつないで寒空の下を歩いていた。

いつの間にか、並んで歩くときには自然に手を絡めるようになって、そのことがたまらなく嬉しい。

師走《しわす》の寒さは厳しく、吐き出された息が白く曇った。

「寄ってくか」

優弥が公園の方を見て言った。美緑も黙ってうなずいた。

つないだ手から、優弥の温度が流れ込んでくる。

等間隔で並んでいる木のベンチが一つ空いていたので、二人はそこに腰かけた。

「ちょっと待ってて」

美緑をベンチに残し、優弥は近くの自動販売機で、ココアとブラックコーヒーを買って戻ってきた。

「どっちがいい？」

「こっち。ありがと」

美緑はココアを選ぶ。

かじかんだ手でプルタブを開け、口元へ運ぶ。甘い液体が、美緑の体を内側から温めていく。しかし数秒後には、外側から冷やされてしまう。

優弥は、缶をカイロ代わりにして手のひらを温めている。口元までマフラーにうずめているその横顔を、こっそり視界の隅に収める。

今ならはっきり言える。優弥のことが好きだった。

友達としてではなく、一人の男子として。

友達としての『好き』と恋愛の『好き』との間に、境界線はあるのだろうか。

あるとしたら、自分はいつ、その境界線を越えたのだろう。

知らない間に始まっていた初めての恋が、どうしようもなく愛おしくて。

美緑は、この気持ちを大切にしようと思った。

「ねえ、そっちも飲んでみたい」

優弥の持つブラックコーヒーを見て、美緑は言った。

「苦いぞ」

「ダメだったら返す。ほら、私のココアあげるから」

半ば強引に二人の飲み物を交換する。美緑は半分くらい残ったコーヒーの缶を、口につけて傾ける。

「ん、これ美味《おい》しいじゃん」

優弥が言った通り苦かったけど、味は好きだった。

「あっま……」

同じように、ココアを飲んだ優弥が呟《つぶや》く。眉間《みけん》にしわが寄っていた。

「あ」

ふと呟いた美緑に、

「ん？　何だよ」

優弥の顔が向けられる。

「間接キス」

いたずらっぽい笑みを浮かべて言った。クリスマスという特別なイベントが、美緑を積極的にさせていた。

「今さら何言ってんだよ。昔さんざんしたろ」

たしかに、間接キスくらいなら小学生のときに何度もした。だから優弥の言っていることはその通りなのだが、街灯に照らされた彼の顔が赤くなっていることに、美緑は気づいていた。

「ねえ。直接……したい」

優弥と付き合ってから半年が経つが、まだ二人はキスをしたことがなかった。彼氏がいるクラスの女子たちがそういった話をしているのを聞いて、たまに羨《うらや》ましくなる。

優弥は黙ったまま顔を背けていた。

引かれたかな……。美緑も今さらながら恥ずかしくなって、優弥の方を真っ直ぐ見れないでいる。

美緑が言葉を発してから十秒ほどが経過した頃、優弥の右手が美緑の左の頬に触れる。ひんやりした感触。熱が奪われていくのがわかった。

二人はそのまま、じっと見つめ合う。


「美緑……」


心臓が跳ねる。

今まで感じたことのない何かが体中を駆け巡り、涙が出そうになる。

——優弥が、名前を呼んでくれた。

小学生のとき以来だった。けれども、昔とは明らかに違う感情が、その響きからは聞き取れた。

恋人の顔が近づいてくる。小さい頃から見慣れているはずなのに、心臓はものすごい速さで脈打っていた。

唇と唇が触れる直前で、美緑は目を閉じて——。

「……ココアと、コーヒーの味がした」

ぶすっとした表情で優弥が言う。それが、優弥なりの照れ隠しだということはわかっていた。

「……ばか」

美緑と優弥との間に芽生えた小さな恋は、怖いほどに順調に育っている。
これからもっと素敵なことが待っていると、美緑は信じて疑わなかった。

第五章

この愛だけは永遠に、胸に抱いていたかった。

1

それからの美緑の高校生活は、何もかもが順調だった。

文化祭や修学旅行は楽しかったし、進級するたびに新しい友達が増えた。

勉強は大変だったけど、それなりに頑張った。

優弥とは色々な場所に出かけて、たくさんのことを話した。

希望と輝きに満ちあふれた日常は、ドラマや漫画の中にあるような、憧《あこが》れていたスクールライフそのものだった。

楽しい出来事ばかりで、時間はあっという間に過ぎていく。

不安でいっぱいだった美緑の高校生活は、想像していたよりも遥《はる》かに素敵なものとなった。


春宮高校での三年間が終わり、美緑たちは大学生になる。

美緑は県内の国立大学に進学した。将来やりたいことは、まだ具体的には決まってないけれど、子どもが好きという安直な理由で教育学部を選んだ。

優弥は私立大学の工学部で、何やら難しいことを学んでいる。授業で使うらしい数学や物理の難しそうなテキストを見せてもらったことがあったが、美緑には一切理解できなかった。書いてある言葉が日本語だとはとても思えない。微分積分なんて、美緑は聞いただけでも嫌になる。

美緑も優弥も、大学へは実家から通っていた。

通う場所が違うこともあり、高校のときのように毎日顔を合わせるわけではない。しかし家が隣同士なので、すぐに会える距離にいるという安心感は大きかった。

大学生になって一週間が経とうとしていた、四月の半ば頃。美緑の元に、砂生彩楓から電話がかかってきた。

「もしもし、彩楓？」

〈美緑ぃ、明日《あした》、泊まり行っていい？〉

彩楓の声は少し湿り気を帯びていて、その時点で、どうして電話してきたのか、美緑には何となくわかってしまった。

翌日は土曜日で美緑も特に予定はなかったため、彩楓の頼みを快諾した。

彩楓は地元から離れた大学の経済学部に進学し、この春から一人暮らしをしている。

最後に会ったのは三月の末、彩楓が引っ越す直前だった。

家族や友達のいない場所に行くことを不安そうにするでもなく、大学での新生活を楽しみにしているようだった。むしろ、寂しがっていたのは美緑の方だ。

電話のあった次の日、彩楓は手土産を持って美緑の家に泊まりに来た。

「美緑～。久しぶり！」

玄関で出迎えるなり、彩楓は抱き着いてきた。

柑橘《かんきつ》系のいい香りが鼻腔《びこう》をくすぐる。

「久しぶりだね」

高校の卒業式からまだ一カ月も経っていないけど、懐かしい感じがした。

黒いブラウスにグレーのフレアスカート。一見地味なモノトーンのコーディネートだが、彩楓はお洒落《しゃれ》に着こなしていた。そして相変わらずスタイルがいい。短めにした髪を茶色く染め、毛先に緩いパーマをかけている。大学生になった彩楓は、その魅力的な容姿に一段と磨きをかけていた。

二階にある美緑の部屋に案内する。途中で弟の翼とすれ違った。

「こんにちは。お邪魔してまーす」

彩楓がそう声をかける。中学一年生になった翼は、綺麗《きれい》な女性に緊張してか「あ、どうも……」と呟《つぶや》いてすぐに自室へ戻る。

美緑の部屋で、手土産の高級ケーキを二人で食べながら、彩楓はポツポツと話し出した。

「あのね……大地と、別れた」

予想していた通りの内容だった。けれどもそれは、美緑にとって当たってほしくなかった予想だ。

違うんじゃないかという期待を抱いていたせいで、彩楓本人の口から聞いたときは、それなりの衝撃を受けた。

彩楓は大地のことが好きだけど、大地には彩楓とは別に好きな人がいる。

そんないびつだった関係が、いつか両想いになればいいと美緑は願っていた。

彩楓はそのまま大地を好きでいて、大地も何だかんだで一途な彩楓のことを好きになって――。

二人はずっと一緒なのだと、楽観的に考えていた。

彩楓にも大地にも、幸せになってほしかった。

でも、現実はそんなに簡単にはいかないもので。

望んだ分だけ、叶《かな》わなかったときの失望は大きくなる。

「そっか」

美緑は小さな声で答えた。

これほどに弱っている彩楓を見るのは初めてだった。

いつも自分をしっかり持っている、格好良い女の子。そんな彼女が今、背中を丸めて目に涙をためている。

彼女がこんなにも落ち込んでいる姿を、美緑は高校での三年間の中で一度も見たことはなかった。

それほどに彩楓の中で、平賀大地の存在は大きかった。

「やっぱり、私のことは好きになれないって。私はそれでもいいって言ったけど、向こうが申し訳ないからって……」

「うん」

「大学で遠距離になるから、この機会にちゃんと終わりにしようって……」

「うん」

「三年間、一緒にいたのに。……ダメだった」

彩楓の目尻《めじり》からこぼれた一粒の涙が、部屋の明かりを反射して、宝石みたいにきらりと光った。

「……うん」

彩楓はダメじゃないよ。

美緑はそう言おうとしたけれど、そんな言葉に意味はないことに気づいてやめた。

今の彩楓が一番欲しいのは、安直な慰めの言葉でも、無神経な励ましの言葉でもない。自身の中で消化しきれない感情を受け止めてくれる誰かの存在なのだ。

ならば、自分がその存在にならなければ。美緑はそう思った。

美緑は相槌《あいづち》を打ちながら、まとまりのない彩楓の話を聞いていた。

涙に濡《ぬ》れた声を聞きながら、もし自分が同じ状況だったら……と美緑は想像する。

優弥には好きな人がいて、そんな彼のことを自分は好きになってしまう。きっと美緑は、優弥に好きな人がいるとわかったその時点で諦《あきら》めてしまうだろう。

優弥の幸せを願いつつ、それでも自分の気持ちに折り合いをつけられないまま、ずるずると失恋を引きずってしまう。容易に、そんな想像ができた。

だから、優弥が想ってくれている幸せを存分に噛み締めて、向き合っていこうと思った。

そして同時に、それほどに大地のことを好きになった彩楓のことが羨《うらや》ましかった。

三年間というのは、決して短くはない期間だ。それだけの間、一人の人をこんなに強く、純粋に想い続けることができるのは、すごく素敵なことだと思う。

しかし、どんなに強く願っても、届かない想いもあって――。

大地には、手が届かないと知っていながら好きになってしまった人がいた。

もしかすると、彩楓と付き合うことで、叶わない自分の恋を諦めようとしたのかもしれない。

平賀大地は誠実な人間だ。いい加減な気持ちで人と付き合うような男ではない。自分のことを好きだと言ってくれる人と、しっかり向き合ったはずだ。

そんな大地の優しさが逆に彩楓を傷つけてしまっていた。三年という期間は、彩楓の大地に対する恋心を、より膨らませてしまっていた。


彩楓は涙をこぼしながら話し続けた。平賀大地の好きなところ、嫌いなところ。同じ場所を何度も行ったり来たりしながら、彼女は最後に「好きだったなぁ」と締めくくった。

「美緑、聞いてくれてありがと」

最後に、彩楓は泣きながら——笑ってそう言った。

「うん。どういたしまして」

「大学で好きな人ができたら言うね」

それは、くよくよしていないで前へ進むという強い決意で、大地のことはもう諦めるという意志表明だった。

美緑に話すことで、彩楓は一つの恋に区切りをつけようとしていた。

もちろん、三年間も一途に想い続けた人のことを簡単には忘れられないはずだ。それでも、彩楓はたしかに前を向いている。

母が作ったいつもより豪華な夕食を食べて、日付が変わるまで彩楓と喋《しゃべ》った。

「そういえば、クロちゃんは元気？」

彩楓は引っ越しの際、飼っているハムスターのクロも連れていった。

「元気元気！　相変わらず可愛いのよ！」

「相変わらず親バカだね」

「まあね。そうだ！　今度は美緑がこっちに泊まりに来なよ。そしたらクロにも会えるし」

「いいね！　行きたい！」

それから、どうでもいいような話を延々と続けて、何だか高校時代に戻ったような気がした。卒業してからまだ一ヵ月くらいしか経っていないのに、懐かしさを感じる。

翌日の日曜日、美緑と彩楓は二人で買い物に出かけた。

「ごめんね。せっかくの休日なのに。黒滝くんとデートしたかったんじゃない？」

「ううん。たまにはこうして彩楓とデートも楽しいよ」

「嬉《うれ》しいこと言ってくれるねー。好き！」

美緑よりも数センチ背の高い彩楓が、頭を撫《な》でてくる。

「それに、優弥は今日はバイトだし」

「へぇ。何のバイトしてんの？」

「んー、バイトっていうか、ほぼボランティアみたいなもんかな。私たちの中学校の陸上部のコーチ」

「ああ、そうなんだ。そういえば中学のときって、大地も黒滝くんと同じ部活だったんだよね……」

彩楓の声が暗い雰囲気を纏《まと》う。

「あっ、ごめん」

「ううん。今のは私の自爆。あ、あのお店見たい。入ろ！」

彩楓が無理をして明るく振る舞っていることに、美緑は気づかないフリをした。

二人は色々な店を回って、何着かの服を購入した。大学生にもなると、ほぼ毎日私服で過ごさなくてはならない。高校生のように制服がないので、定期的に新しい服を買う必要がある。それが楽しくもあり、同時に面倒でもあった。

彩楓と過ごす時間は充実していて、すぐに夜になってしまった。

「いやぁ、楽しかった。また遊ぼうね。ゴールデンウィークとか、たぶんこっち帰ってくるから」

改札の前で彩楓が言った。

「うん。また」

「それじゃーね」

彩楓は手を振って、改札をくぐった。

いつもと変わらない芯《しん》の強い女の子に戻っていたけれど、まだ心の中では整理はついていないはずだ。きっと美緑に心配をかけないように努めているのだろう。

そんな彩楓の、小さくなる後ろ姿を見て、美緑は余計に切なくなる。

2

彩楓と会った次の週、美緑と優弥はカフェでレポートをしていた。

「そういえば、彩楓と平賀くん、別れたらしいね」

話題と話題の合間に、美緑はおそるおそる切り出した。

「そうみたいだな」

素っ気ない言い方だ。優弥は何も悪くないのだが、少しムッとしてしまう。

「平賀くんから何か聞いてないの？」

大地の、手が届かない好きな人の正体を、優弥なら知っているのではないか。そう思い、美緑は尋ねてみたのだが。

「まあ、あいつにも色々あるみたいだし……」

答えは肯定でも否定でもなく、曖昧《あいまい》なものだった。

「それよりさ、何かデザート食べない？」

優弥はわざとらしく話題を変えた。

「じゃあ私、このパフェがいい」

テーブルに置いてある三角柱のメニュー表を指さして、美緑は言った。

「決めんの早……。ってか、やっぱ美緑も食べたかったのか」

「ち、違うし！」

結局、彩楓と大地の件に関してはうやむやにされてしまった。

しかし、たとえ優弥が詳しく知っていたとしても、美緑に教えることはないだろう。優弥は案外、義理堅いところがあるのだ。


大学生活は慣れてしまえばとても楽しいものだった。

自由度と行動範囲が飛躍的に広がり、今までできなかったことができるようになり、知らなかったことをたくさん知ることができた。

サークルには入らなかったが、大学の近くの書店でアルバイトを始めた。一人で大学の周辺のカフェ巡りをしたり、授業のない日に一日漫画喫茶で過ごしたりした。好きなアーティストのコンサートに彩楓と行ったりもした。

もちろん、優弥とは色んな場所に行った。優弥が運転免許を取ってからは、車で出かけることもあった。

二十歳になってからはお酒を飲んだりもしたし、一泊二日で優弥と旅行に行ったりもした。

人並みに充実した大学生活を送れたのではないかと思う。

大学四年生になって、就職活動が始まった。エントリーシートや面接は思ったよりも精神的に大変だった。

優弥に異変があったのは、四年生の夏頃だった。

思えばこのときから、悲劇へのカウントダウンは始まっていたように思う。

異変といっても、そこまで大きなものではなかった。ただ、呼びかけてもボーっとしていて反応がなかったり、ふとした瞬間に暗い表情を見せるようになったのだ。

一つひとつは小さなことだったが、それが短期間に数回重なるとどうしても心配になってくる。

「優弥、どうしたの。最近変じゃない?」

美緑は思い切って聞いてみた。

「別に、変じゃねーよ」

そう答える声も、何かを隠そうとするような響きがあって、美緑は余計不安になった。

違う女の子を好きになってしまったのだろうか。そんな最悪な憶測もしたけれど、優弥に抱いた違和感はそういった種類のものでもなかった。それに、優弥は絶対に裏切るようなことはしないと信じていた。

しかし、優弥が何かを隠していることはたぶん間違っていない。美緑の不安は募る一方だった。

何だか今よりずっと先を見ているようで、どうすることもできない何かを受け入れようとしているような感じ。

そう。まるで――自分がもうすぐいなくなることを、前もって知っているかのようだった。

気にならないと言えば嘘だけど、いくら恋人でも言いたくないことくらいあるだろうし、美緑も無理やり聞き出そうとはしなかった。

3

時の流れの速さを実感する、大学四年生の秋。

あと半年もしないうちに社会人になるということが信じられない。

美緑はすでに、幼稚園に就職することが決まっていた。

優弥は大学院に進学するようで、卒業研究の他にも、企業との共同研究などで忙しいらしい。そんな日々の隙間を縫って、美緑との時間を作ってくれる優弥には感謝していた。

夏頃から様子が変だった優弥は、普段通りに戻りつつあった。しかし、まだ時折、何か考え事をするように黙ってしまうことがある。

卒業するために必要なことはもうほとんどない。

残っているのは卒業論文の提出くらいだ。

週に一度のゼミ以外に講義はないし、サークルにも所属していなかった。

美緑はその日も午前中に図書館で調べものをして、昼過ぎに大学を出た。

赤や黄色に色づいている木々を眺めながら、駅までの道を歩く。平日の昼間だけあって、人気《ひとけ》は少なかった。

数分で大学の最寄り駅に到着する。雲一つない青空から、柔らかな陽射しが降り注いでいた。天気がいい。

家に帰っても特に用事はないので、外で本を読もうと思った。駅前のベンチに腰かけて、読みかけの文庫本を開く。

心地よい気温と程よい雑音のおかげで集中することができ、すぐに一時間が過ぎた。キリのいいところまで読んで、栞《しおり》を挟む。

そろそろ帰ろう。

道を行き交う人々を眺めながら、立ち上がろうとしたそのとき。

「お姉さん、一人？」

男が声をかけてきた。

いかにも軽薄そうな大学生風の青年だ。髪が不自然に長く、然るべき人間が身につければお洒落《しゃれ》になるであろう眼鏡をかけていた。

「いえ、あの……」

美緑は戸惑い、目を逸らして拒絶を示した。

こういったことは高校時代にも何度かあったが、一緒にいた彩楓が全てきっぱりと断ってくれていた。

しかし、今は隣に彼女はいない。

「よかったらご飯でもどう？　奢《おご》るよ？」

「いえ。大丈夫です」

あれはたしか、高校二年生のとき。絶妙に似合っていないファッションの男二人組を撃退した後、彩楓が言っていたことを思い出す。

――ああいう男は、こっちが押しに弱いことを見抜くと、とことんしつこいから。早めにぶった切らないと。

それがわかっていても、いざとなると声が出ない。

「いいじゃんいいじゃん。ほら、俺、パンケーキが美味《おい》しいとこ知ってるから」

男の手が美緑の肩に触れる。鳥肌が立った。気持ち悪い……。

「いや、あの……。ごめんなさい、ちょっと……そういうのは」

消えそうなか細い声しか出てこない。これではだめだ。美緑は下を向いて固まる。

頭が真っ白になって、何を言えばいいのかわからなくなってしまったそのとき。

「すみません」

聞き覚えのある声が耳に届いた。

「嫌がってるんで、離してもらっていいですか？」

単調で冷たい感じなのに、どこか優しさも内包しているような不思議な魅力がある。張り詰めていた神経が、ふっと緩んだ。

「んだよ。誰だお前」

肩に置かれた手の感触が消える。

視線を上げると、かつての同級生が立っていた。

「平賀くん?」

「もう一度言います。彼女は嫌がっています。これ以上しつこくするようでしたら、警察を呼びます」

大地は美緑の声には応えず、男を見て言った。有無を言わせぬ説明口調。先ほどよりも声が大きく、周りの人たちの注目を集めている。

男もさすがに気まずくなったようで、大地にわざと肩をぶつけると、舌打ちをしながら早歩きで去っていった。

美緑をかばうように立っていた大地は、安心したように息を吐いた。

「大丈夫?」

振り返った大地は、高校の頃の理知的な面影を残したままだった。

「あ、ありがとう」

美緑はひとまず、助けてもらったお礼を言う。

「どういたしまして」

大地は口元だけで微かに笑った。

「えっと、久しぶり？」

優弥からたまに話は聞いていたけど、直接会うのは高校の卒業式以来だった。

「うん、久しぶり」

「どうしてここに？」

「近くで用事があってね。帰ろうと思ったら、偶然絡まれてる知り合いを見つけて。柳葉さんも帰るところ？」

「うん」

美緑と大地は電車に揺られながら、近況を報告し合った。高校でも優秀な成績を維持していた大地は、難関とされる国立大学に進学していた。優弥と同じく、大学院に進学することが決まっているらしい。

同じ駅で降りる。大地もまだ実家に住んでいるようだ。

「それじゃ、俺はこれで」

改札を抜けると、美緑の家とは逆方向に歩いていこうとする。

「ねえ、ちょっと待って」

とっさに呼び止めた。先ほどのことで心細かったからというのも少しはある。しかし一番の目的は、優弥について聞くことだった。

「この後って、時間ある？」

不思議そうな顔をする大地に、美緑は言った。

美緑と大地は駅の近くのカフェに入った。ゆったりした音楽と余裕のある広々としたスペースが、穏やかな空間を形成している。

大地はコーヒーに砂糖をたくさん入れていて、何となくイメージと違うなぁ……なんて失礼なことを考えてしまった。

「で、どうしたの」

甘いことが容易に想像できるコーヒーを一口飲んで、大地が聞いた。

「実はさ、最近優弥が何か変なの」

「優弥が？」

「うん」

「変ってのはどんなふうに？」

「表情が暗いっていうか、ボーっと何か考え事してることが多くて」

「へぇ。あいつがねぇ……」

大地は、怪訝《けげん》な表情で言った。上手く想像できないといった様子だ。

「平賀くん、優弥から何か聞いてない？」

「うーん……。いや、この前もあいつと飲んだけど、いつも通りバカだったよ」

「そんな、バカって。いや、バカだけどさ」

あけすけな物言いに思わず笑ってしまう。

「柳葉さんは、優弥のこと好きなんでしょ？」

「う、うん」

大地のストレートな質問に、照れながらも肯定する。

「じゃあ大丈夫。優弥はいいやつだから。絶対、柳葉さんを裏切るようなことはしないよ。そのうち普段通りになると思う」

そう言い切った大地の表情は自信に満ちていて、美緑はそんな関係が羨《うらや》ましいと思った。大地に対して、少し嫉妬《しっと》もした。

「そうだよね。ありがとう」

「これからも、優弥のことよろしくお願いします」

丁寧に頭を下げる大地が、何だかおかしかった。

それから数分も経たないうちに店を出た。

コーヒー代は、遠慮する大地を無理やり説得して美緑が全て払った。絡まれていたのを助けてもらった上に、話を聞いてもらったのだから当然だ。

彩楓とは、どうして別れたの？　好きな人って誰？　そんなことも聞きたかったけれど、あまり踏み込みすぎるのはよくない。

それに、聞いたところでどうにもならないとも思った。

大地の言った通り、優弥は徐々に暗い表情を見せることやボーっとすることはなくなって、冬になる頃には元通りの優弥になっていた。きっと、一時的に何かがあったのだろう。本人から言ってこないようなら、それでいいと思った。

4

美緑が生きてきた中で、最も幸せな日がやってきたのは、無事に大学を卒業し、社会人になって一年目の夏。仕事にも慣れてきた頃だった。

優弥と付き合い始めてから、ちょうど八年目になる記念日。仕事が終わり、帰宅してすぐに優弥の運転する車に乗り込んだ。

この日に出かけることは、一カ月前から約束していた。

「そろそろどこ行くか教えてよ」

シートベルトを装着しながら尋ねる。

実は、美緑は行き先を知らない。どこに行くのかと何回か聞いたけど、優弥は教えてくれなかった。

「まだだめ」

「えー?」

「着いてからのお楽しみ」

どうやら意地でも最後まで教えないらしい。

「わかった。その代わり期待しちゃうからね」

美緑は諦《あきら》めて、助手席の背もたれに寄りかかった。

「おう。存分に期待しとけ」

お気に入りの音楽を聴き、窓に映る見知らぬ風景を眺めながら車に揺られる。

一時間ほどかけてたどり着いたのは、海沿いにある公園だった。夕日に照らされて綺《き》麗《れい》に輝く海が見える。

「うわ。すごい……」

美緑は言葉を失った。

後ろから歩いてきた優弥が、隣に並ぶ。


「美緑、結婚しよう」


「……え？」

波の音で聞き間違えたのだろうか。

お昼はパスタにしよう。この後テレビでやる映画、一緒に観よう。日常の中で交わされるような、そういった台詞《せりふ》と同じ調子で、彼は言った。

それはあまりにも自然すぎて。一瞬、夢の中にでもいるのかと思ったほどだ。

「手、出して」

優弥が美緑の左手を取って、薬指に指輪をはめた。

そこでようやく、先ほどのプロポーズが美緑の聞き間違いではないのだと確信できた。

「これ、本当？」

「本当だよ」

「ドッキリとかじゃなくて？」

「あ？　その指輪、いくらしたと思ってんだバカ」

「バカって言った方がバカだし」

「じゃあ返せバカ」

「やだ。私のだもん！」

美緑は、左手の薬指にはめられたばかりの指輪を握り締める。

「じゃあ……その、いいんだな？」

「……はい。よろしくお願いします」

「よかった」

安心したように息を吐いて、優弥はその場にしゃがみ込んでしまう。かなり緊張していたらしい。

もしかして、大学四年生の頃に優弥の様子がおかしかったのは、結婚のことを考えていたからなのだろうか。美緑はそう結論づけて、勝手に納得した。

「絶対、幸せにする」

立ち上がって、美緑の目を見た優弥がそんなことを言う。気持ちが抑えきれなくなって、優弥に抱き着いた。

愛する人の腕に抱かれながら、幸福に包まれるのを感じる。

「好きだよ、優弥」

美緑はこの日のことを、一生忘れることはないだろう。

「もしも別の人生があったとしても、私はきっと、優弥のことを好きになると思う」

美緑を抱きしめる優弥の腕の力が、少しだけ強くなった。

5

優弥が美緑にプロポーズをしてから三カ月後。

二人の結婚式が挙げられた。

社会人になりたての美緑と院生の優弥に金銭的な余裕はなかったが、二人の両親が援助してくれた。

幼い頃から、お互いの子どものことをよく知っている二人の母親は「美緑ちゃんなら安心だわぁ」「いえいえそんな。優弥くんにお嫁にもらっていただけるなんて……。よかったわ本当に」などとにこやかに話している。

そして、美緑と優弥の挙式が執り行われる。

美緑は純白のウェディングドレスを着て、バージンロードを歩く。

親戚《しんせき》や友人の前で、二人は愛を誓った。

変わらないものなんて、きっとこの世にはないのだけれど。

この愛だけは永遠に、胸に抱いていたかった。

「それでは、誓いのキスを」

神父の言葉に、美緑と優弥は向かい合った。

ゆっくりと、優弥の顔が近づいてくる。

唇と唇が触れる直前。

「幸せにしてね。優弥」

美緑は彼にだけ聞こえる声で言って、そのまま目を閉じた。


式は無事に終わり、披露宴が催されていた。

大学時代の仲間や、職場の同僚はもちろん、中学、高校時代の共通の友人も何人か出席している。大地や彩楓もその場にいた。二人が自然に話していたのを見て、美緑は嬉《うれ》しい気持ちになった。

恋愛という形でなくても、二人にはお互いを尊敬できるような関係でいてほしい。

そんなことを思う。

普段は食べることのない豪華絢爛《けんらん》な美味《おい》しい料理。きらびやかで上品な装飾。人々の笑顔。その全てが、幸せな空間を作り出していた。

美緑たち、新郎新婦の座る席には友人や親戚が訪れ、祝福の言葉をかけていく。

「美緑ぃ～。お嫁に行っても私のこと忘れないでねぇ～」

彩楓が泣きそうになりながら祝福の言葉を口にする。

「もちろん忘れないよ！　うああ。彩楓とも結婚したい～」

「おいっ」

と、優弥がすかさず反応し、美緑の頭に軽くチョップを入れる。

楽しくて幸せで、もうこれ以上、何も要らないとさえ思えた。

「優弥、柳葉さん」

「あ、平賀くん」

「おめでとう。末永くお幸せに」

「おう」

優弥が短く返す。

「ありがとう。末永く幸せになります」

美緑も笑顔で答えた。

他の友人たちもタイミングを見計らってやってくる。思い出話や近況報告に花が咲き、明るい笑い声が絶えなかった。

しかし、運命はどこまでも残酷で。

幸福が幸福のまま終わることを、決して許してはくれなかった。

「新婦のお色直しの時間です」

美緑が一度退場しようとしたその瞬間――。

彼女の背後で、バタンという音が聞こえた。

一拍遅れて、それは人が倒れる音だと気づいた。

美緑の知らぬところで進んでいた、命を賭《と》した時間旅行。

運命に抗っていた一人の男に、その代償を払うときが訪れて——。

倒れた男に向かって、優弥が叫んだ。


「大地！」


本日の主役の一人が、美緑の夫となったばかりの男が、タキシードが乱れるのにも構わず、倒れた友人の元へと走る。

幸せで満ちていたはずの会場が騒然となる。

「誰か、救急車！」

優弥が怒鳴った。

式場のスタッフが、すぐさま倒れた大地へと駆け寄る。別のスタッフが青ざめた顔で電話をしている。

「大地！　大地！」

彩楓が取り乱した様子で、元想い人の名前を呼ぶ。

美緑は何が起きたのかわからず、ただそこに立ち尽くすしかなかった。

第六章

そこにはたしかに、
俺の願いが
あった。

1

時間を巻き戻して、俺は十一年前にやってきた。

布団から起き上がり、カーテンを開けようとして手が壁にぶつかる。

そうか……。ここは俺がついさっきまで住んでいた部屋ではないのだ。

九十度違う方向に手を伸ばし、今度こそカーテンを開けると、体が朝日に包まれた。

一気に部屋の中が明るくなる。

勉強机に本棚。枕の横には、数世代昔のゲーム機と折り畳み式の携帯電話が置かれている。懐かしいものばかりだ。

腕や足を動かしてみる。体が軽い気がした。

若いっていいな。そんな場違いな感想を抱いた。

体のサイズが一回り小さくて、何だか変な感じだ。二十六歳の大人から、いきなり中学三年生になったのだから当たり前だけど。

立ち上がろうとすると、ポケットの中に何かが入っていることに気づく。

取り出すと、それはロケットペンダントだった。俺が唯一持っていたアクセサリーで、前の世界で大切にしていたものだ。

縦に長い楕円《だえん》の形をしているペンダントを開くと、俺と美緑の結婚式のときの写真が姿を現した。

黒猫の神様に頼んで、一緒に過去に持ってきたものだ。しかしこの世界では、俺はまだ中学生だった。矛盾を抱えたこの写真は、慎重に扱わなくてはならない。

部屋を出て階段を降り、リビングへ向かう。

「あら、おはよう大地。今日は早いのね」

台所の母親が言った。白髪もしわも見当たらない。俺が時を巻き戻す前に最後に見た母親は、髪は白くなり、愛嬌《あいきょう》のあるその丸顔にはたくさんのしわが刻まれていた。

十一年という年月の長さを実感した。

本当に、俺は戻ってきてしまったのだ。美緑の死の原因になる事故の日に。

絶対に、彼女の死を回避しなくてはならない。

朝食を食べ終えて中学の制服を着ると、決意を胸に家を出た。

この世界で今度こそ、俺は彼女を幸せにする。

2

教室の前に立って、深く呼吸する。緊張と不安が襲ってくる。経験はないけれど、転校の初日はきっとこんな感じなのだろう。

「よっ、平賀」

「あ、おう」

名前を呼ばれて、俺はとっさに返事をする。

声をかけてきたのは坊主頭の男子だった。

見覚えはあるのだが……誰だっただろうか。おそらく野球部。しかし、名前が出てこない。その男子はそれ以上は俺に話しかけることはなく、自分の席へと歩いていった。

教室を見渡して、俺は重大なことに気づいた。クラスメイトの大半の名前を忘れてしまっている。まずいな。後で覚え直さないと……。

うっすらとだけ残っている記憶とすでに誰かが座っている場所を元に、消去法を使って何とか自分の席を見つけ出す。

鞄《かばん》から教科書類を取り出して机に突っ込むと、俺は優弥の元へ歩み寄った。

人懐っこい笑顔で制服を着崩した中学生の黒滝優弥の周りには、たくさんの人が集まっている。

「優弥」

背中を軽く叩《たた》いた俺に「うぃっす、大地」と、眩《まぶ》しい笑顔で応える。

懐かしさと安堵《あんど》が一気に押し寄せてきて、思わず涙が出そうになった。広大な砂漠でオアシスを見つけたような気分になる。

優弥はいつだって、クラスの中心にいた。

朝のチャイムが鳴るまでの数分間、俺は優弥と話した。ボロが出ないように、なるべく聞き役に徹することにした。

優弥とのやり取りは、俺に中学時代の自分のことを思い出させてくれた。

休み時間に、黒板や教室の壁に貼られているプリントを見ると、さらにたくさんのことがわかった。

このクラスの人数は三十四人。学級目標は明るくて笑顔が絶えないクラス。俺の出席番号は男子の十三番で、美化委員を務めている。

そんな些細《ささい》な情報が引き金となり、記憶が次々とよみがえってくる。

クラスメイトの名前と顔も、ほとんど一致するようになった。完全に忘れていたわけではなく、記憶の奥底にしまわれていただけみたいで、とりあえず一安心する。

昼休み、優弥を人のいない場所へ誘い出した。

「どうしたんだよ」

優弥が怪訝《けげん》そうに聞いてくる。突然のことで不審がっている様子だった。

当然のことながら、心当たりもないはずだ。

もし呼び出された相手が女子なら告白かもしれない、とドキドキするシチュエーションだが、残念ながら男。それも中身は二十六歳のおっさん予備軍だ。

「なあ、柳葉美緑っているじゃん？」

俺は優弥の質問には答えず、本題を切り出した。

「ああ」

まばたきの回数が多くなった。わかりやすいやつめ。

さあ、ここからが本番だ。

「優弥の幼馴染《おさななじ》みだよな」

「まあ、ただ家が隣なだけだけど」

「そういうのを幼馴染みって言うんだろ。もしだけど、俺が柳葉のこと、好きって言ったらどうする？」

「はあ？」

優弥の声がひっくり返った。

「いや、だから――」

「べっ、別にどうもしねえよ。どうしたんだよいきなり」

優弥は俺の台詞《せりふ》を遮るようにして、早口で言った。

「そっか。それならよかった。近いうちに告白したいんだけど、協力してくれない？」

しれっとした顔で俺は言った。優弥がわかりやすく動揺している。

「いや、でも俺、あいつとそんなに仲良くないし……」

優弥はもごもごと小さな声で答えた。

「そうか。残念だ。じゃあ、一人でどうにかするよ」

俺は立ち上がって、その場を去ろうとする。

「待てよ！」

優弥が俺の右肩をつかんだ。とっさの行動だったようで、本人も少し驚いている。

「ん？」

「あいつの、どこがいいんだよ」

真剣な目つきだった。

「さあね」

「真面目に答えろよ」

真面目に答えたなら、三時間以上はかかるだろう。

美緑の好きなところなんて、いくらでも言える。

「どうしてそんなに必死になってんだよ。そんなに仲良くないってさっき言ったばかりじゃないか」

「それは……俺も、柳葉のことが、好きだからだよ」

優弥は諦《あきら》めたように白状した。

「へぇ」

中学生をからかうのは思ったより楽しくて、意地悪な表情になってしまっていたらしい。

「ムカつく顔だな。一発殴らせろ」

優弥は口は悪いが、決して暴力を振るったりしない。すぐに冗談だとわかる。

「ごめんって。で、さっきの俺の言ったことは嘘だ」

「はぁ!? 嘘って、どっからどこまでが……」

「全部。柳葉さんを好きだってことも、告白するってことも全部だよ」

前半は嘘じゃなかったけれど、絶対に言わない。

「何でそんな嘘ついたんだよ」

「そりゃ、お前のためだ」

「俺のため？」

「ああ。柳葉さんのことが好きなんだろ？ だから協力してやろうと思って」

柳葉さん、という呼び方が慣れなくて、口を滑らせないように気をつける。

「お前、ハメやがったな！」

優弥が頭を抱えてしゃがみ込んだ。

「まあ、そういうことになるね」

中学生らしい素直な反応に、思わず顔がほころびそうになる。

「……なぁ」

「ん？」

「そんなにわかりやすかったか？　その、俺が柳葉のこと……」

「いや、たぶん他に気づいてる人はいないんじゃないかな」

実際、時間を巻き戻す前の世界で、中学三年生の俺は優弥の気持ちになど気づいていなかった。幼馴染みだということは知っていたが。

「よかった」

安堵のため息。

「で、大地はどうしてそれに気づいた？」

「優弥のこと、ずっと見てたからかな」

十一年後のお前が言ってたんだよ。……美緑の葬式でな。

心の中でだけ、本当のことを言ってみる。

「何だそれ。気持ちわりぃ」

「まあ冗談は置いとくとして。実は柳葉さんに好意を寄せている男子が他にもいるんだ」

「なっ……!?」

優弥は驚いた表情を浮かべる。

「このままだと柳葉さんはその男子と付き合うことになるかもしれない」

「誰だよ。その男子ってのは」

そんな男子はいないけれど、そう言っておいた方がこの先やりやすそうだった。嘘も方便。

「さぁ。そこは秘密。で、俺としては優弥を応援したい。見たところ、優弥はなかなか柳葉さんとの距離を縮めることができないでいる。昔は仲が良かったから、余計に」

「な、何で全部わかったような……」

全部あてずっぽうだよ。男子中学生なんて単純な生き物なんだ。

「あはは。さて、俺は今日、柳葉さんの体調が少し悪いということを聞いた。でも彼女は、五時間目の体育に出ようとしている。これがどういうことかわかる?」

「……まったくわからない」

優弥は少し考えてそう答えた。

相変わらず恋愛に関してはポンコツだ。

高校生のときも、優弥に好意を寄せていた女子が何人かいたことを、俺は密かに知っている。これも前の世界での話だけど。

「はぁ……。少しは頭を使えよ。柳葉さんとの距離を縮めるチャンスだって言ってんだよ」

「チャンス？」

「ああ。彼女が無理して体育に出ようとしているところを、お前が止める。保健室にでも連れてってやればいいだろ。そしたら話すきっかけも作れるし」

「なるほど……」

「もし六時間目まで柳葉さんが保健室にいるようだったら、放課後、彼女の荷物を持っていってあげて一緒に帰るなんてこともできる。好感度アップだ」

「……お前、本当に大地か？」

優弥のその疑問に、思わず背筋がしゃきっと伸びる。

たしかに俺は昨日までの平賀大地ではない。十一年後から来た平賀大地だ。そんなことを言ったところで、どうせ信じてもらえないだろうが。

「そうじゃなかったら誰だよ」

「いや、何か変な感じがする」

気づいてもらえた嬉《うれ》しさ半分、バレるのではないかという怖さ半分。複雑な気持ちを感じながら、俺は話を元に戻す。

「まあとにかく、積極的にアタックしないと後悔するぞ。女子はちょっと押しが強いのが好きだったりするんだから」

それが事実かどうかはわからないけれど、今の優弥に関して言えば、多少の押しの強さは必要だろう。

「彼女いたことないくせに何わかったようなこと言ってんだ」

「彼女がいたことないなんて、俺がいつ言った？」

結婚だってしていた、とまでは言えないけれど、これくらいのいたずらは別にいいだろう。

「は？　おま……どういうことだよそれ！　俺は何も聞いてねえぞ！」

「ほら、もう授業だ。早く柳葉さんのとこ行ってこい」

優弥の追求を、俺は笑いながらはぐらかした。


優弥は実際に俺のアドバイスを実践してくれたようで、美緑は体育の授業を欠席した。

もしも優弥がこの作戦に乗ってこないようであったら、俺がどうにかするつもりだった。グラウンドに水を撒《ま》いて外での体育を中止にしてもいいし、何なら体育の教師を殴ってやってもいい。もっと直接的に美緑を休ませることだってできるだろうが、そうしないのには理由があった。

とにかく、これで一段落だ。美緑の死につながるあの事故を回避することが、この世界での最優先事項だったのだから。

結局、美緑は六時間目も休んだようで、放課後、優弥は美緑の鞄《かばん》を持って保健室に行った。緊張しているのがわかって、とても微笑ましかった。

同時に、心が少しだけ痛んだ。

——上手くいったみたいだな。

その日の帰り道、黒猫の姿をした神様が現れた。

「お前……どうして」

——神には時空の概念などないのだ。

どうやら神様は、時間や空間を超えて存在できるということらしい。無茶苦茶だ。

——それで、これからどうするつもりだ？

「美緑が幸せになるのを見届けるよ」

美緑が誰かと一緒になることで幸せになれるのなら、その相手は誰でもよかった。

むしろ、俺ではだめなのだ。

そこで、俺が白羽の矢を立てたのが優弥だった。

俺と優弥は中学、そして高校時代、といっても時間を巻き戻す前の話だが、それなりに仲良くしてきた。俺は彼の人間性をよく知っている。俺が美緑と付き合っているときには、彼女からも幼馴染《おさななじ》みである優弥の話をたくさん聞いていた。

優弥が美緑を好きだったことも、俺はすでに知っている。美緑も、優弥のことを特別な存在だと言っていた。前の世界で、俺は優弥に嫉妬《しっと》したことが何回もあった。

優弥になら、安心して美緑を任せられると判断したのだ。

自分勝手だし、俺の手で美緑を幸せにできないことは苦しいけれど。

好きな人のためにできることは、もうこれくらいしかなくて。

——それでいいのか？

「ああ。いいんだ」

——そうか。

「何でお前が悲しそうな顔するんだよ」

——そ、そんな顔はしていない！　用事があるからもう行くぞ！

そう言うと、黒猫は一瞬でその場から消えた。

しばらくクラス内で、俺がいきなり老けたという噂が流れた。もっとも、その噂は的を射ているのだが……。

中学生らしく振る舞うのは難しくて、それ以上に恥ずかしかった。クラスメイトとの適切な距離感が上手くつかめない。

成績は上の方だった。さすがに、中学生の中に二十六歳の社会人が交じればそうなるだろう。

元々それなりに成績は良かったので怪しまれることはなかったが、勉強せずに高得点をとるのは少し申し訳ない気もした。

一カ月も経つと、クラスメイトとかなり自然に話すことができるようになっていた。

中学生相応の振る舞いにも慣れてきたが、それでも徹底しきれない部分があるらしく、大人っぽい男子のイメージが定着してしまった。

まあ、俺が周りにどう思われようと問題はないのだが……。

優弥は順調に美緑との仲を深めていった。

元々幼馴染みで、昔はよく一緒に遊んでいたという話も聞いているので、ある程度のアドバンテージはあるのだろう。

正月には初詣《はつもうで》に一緒に行ったらしい。

それでも決定的な一歩を踏み出すことはできなかったようで、結局友達のまま中学校を卒業した。

美緑も、優弥の態度が急に変わったことに多少の違和感は持っているかもしれない。

が、その程度だろう。優弥のことを避けているとか嫌がっているとか、そういったことはないはずだ。

ただ、美緑の方から積極的にアプローチしてくることもないと思う。彼女が鈍感なのは相変わらずだ。

俺と美緑が付き合い始めるときも、告白をしたのは俺の方だった。

3

俺は入試を難なくクリアし、春宮高校へ進学した。

少し心配だったのは優弥と美緑のことだったが、二人とも無事に入試は合格したようだった。

高校生活に関しては、中学のときよりは記憶が残っていた。しかし逆に、現在の俺が知らないはずのことまで知ってしまっているため、色々と気をつけなければいけないことも多い。

高校の様子は、俺が時間を巻き戻す前とほぼ変わらなかった。何人か知らない人間がいたり、いるはずの人間がいなかったりしたが、数カ月分の俺の行動の変化が引き起こした歪《ゆが》み、というようなやつなのだろう。

「平賀くん……だよね。私、同じ中学の柳葉だけど……わかる？」

初日で、隣の席になった美緑が話しかけてきた。

巻き戻す前の世界でも、俺は美緑の隣の席になった。

当時、美緑に恋していた俺は有頂天になっていた。運命だと思って、一人で勝手に舞い上がっていた。

けれど、今回の運命は残酷だった。

俺は美緑から距離をとらなくてはいけないのだから。

「ああ、優弥の幼馴染みの」

俺は少し考える素振りをしてから答えた。できる限り素っ気なく。

「そうそう。同じクラスみたいだから、一年間よろしくね」

俺と結婚するはずだった十五歳の少女は、少し控えめに笑った。

そうだ。俺はこの笑顔を好きになったのだ。


本物の中学生だった頃、陸上部に入っていた俺は、よく学校の敷地の周りを走るトレーニングをしていた。

そこで見える中庭にはいつも、花壇に水をやっている女子がいた。

澄み切ったピュアな笑顔で嬉《うれ》しそうにじょうろを傾ける姿が、とても魅力的だった。

気づくと、彼女の笑顔を見ることが楽しみになっていた。

いつの間にか、もっとそばで彼女の笑顔を見たいと思うようになっていた。

こうして俺は、美緑のことを好きになったのだった。

けれど、そんなものは前の世界の話であって——。


「よろしく」

俺はなるべく美緑の方を見ないで答えた。

そうだ、これでいい。

この世界では、俺は美緑のことを好きになってはいけないいし、美緑も俺のことを好きになってはいけない。

五十五年もの寿命を失った俺には、この手で彼女を幸せにする資格はない。


春宮高校には、砂生彩楓も入学していた。

すぐに美緑と彩楓は仲良くなった。これも、時間を巻き戻す前と同じだった。

しかし、俺が以前の世界とは異なる行動をしているため、当然違いは生じる。

その一つが、彩楓の恋心だった。

六月のある日、俺は砂生彩楓に告白された。

少し前から何となく察してはいたが、改めて直接聞くと驚きはある。

彩楓曰《いわ》く、同級生とはどこか違う大人っぽい雰囲気に惹《ひ》かれたそうだ。

精神年齢上はすでに三十歳近いのだから、正真正銘中身は大人なのだ。某推理漫画ではないが……。だから、大人っぽいというのは少し語弊がある。

前の世界ではどうだったのだろうか。ふとそんな疑問が生じた。

砂生彩楓から特に好意を向けられているとは感じなかった。

俺が気づいていなかっただけとも考えられるが、彩楓の積極的な性格を考慮するとその線は薄そうだ。

「ごめん。恋愛とか、そういうことには興味ないんだ」

そのときの告白はそう言って断った。

二回目のこの世界では、俺は誰とも付き合う気はなかった。

どうせすぐに散る命だ。恋なんてしても意味がない。

それに、俺が好きなのは結局のところ、美緑だけで――。

しかし、俺は彩楓の意志の強さを侮っていた。

思い返してみれば、たしかに砂生彩楓はそういう女の子だった。

「ねえ。この前、恋愛に興味がないって言ってたけどさ、じゃあ何なら興味があるの？」

「え？」

「映画？　スポーツ？　芸術？　それとも勉強？」

「えっと……」

「平賀くんの興味があることを、私も共有してみたいんだ。映画が好きなら、一緒に映画を観に行きたいし、スポーツが好きなら、一緒にやってみたい。芸術が好きなら、一緒に美術館に行きたいし、勉強が好きなら、一緒に図書館で勉強したい。それくらいならいいでしょ？」

「うん、わかった。考えておく。興味があること、ね」

そのときは、そう答えることしかできなかった。

「興味があることを考えておくってのも変だけどね」

彩楓は笑った。ちゃんと答えることのできない俺に対して、怒るでも、不満げにするでもなく。

4

高校一年生の夏休みには、四人で遊園地へ行った。

俺が優弥に、美緑がフェアリーランドのゆるキャラを好きだという情報を伝えると、彼は夏休みにフェアリーランドに誘うと息巻いていた。

最初は優弥が美緑を誘って二人きりで行く予定だったのだが、直前で怖気づいて俺に助けを求めてきたのだ。

正直、あまり気は進まなかった。しかしいざ現地に着いてみると、そんな気持ちはどこかへ吹き飛んでしまった。

大人でも楽しめると言われる、世界でも最大級のテーマパークなだけある。全体的にクオリティが高い。久しぶりに高校生に戻ったみたいで楽しかった。

迫り来る終わりの時を、今くらいは忘れてもいいのではないか、なんてことも思った。

優弥が観覧車で、俺と彩楓を二人にした。

彩楓が優弥に頼んでそうしてもらったらしいが、優弥の方も、俺を彩楓とくっつけようとする考えがあったと思っている。

おそらく優弥は、まだ俺が美緑を好きであるという考えを完全に捨てていない。

ある意味でそれは正しいが、別の意味では間違っている。

俺はたしかに、今でも美緑のことを愛している。けれども、美緑とこれ以上近づく気はなかったし、美緑の方から近づいてきたとしても距離をとることに決めていた。

少し前に告白を断った相手と二人きりの狭い空間。息苦しさを感じる。

それと同時に、優弥は美緑と二人になっているはずだった。そちらも心配で、胃が痛くなってくる。

観覧車のゴンドラの中で、彩楓は二度目の告白をしてきた。

今回も断ろうとしたが、俺が恋愛に興味がなくてもいいと彩楓は言う。でも、彩楓は大切な友達だ。それは、二度目のこの世界でも変わらない。

「ごめん。やっぱり砂生さんとは付き合えない」

「それは、恋愛に興味がないから？」

「……いや。実は、好きな人がいるんだ。嘘ついてごめん」

俺は、より強い理由で拒絶することにした。

それに、好きな人がいるというのは、あながち嘘ではない。もちろん、相手が誰かは言わないけれど。

「その人にはもう告白とかしたの？」

「いや、してないよ」

「何で？」

「何で……って言われても」

「もし告白してダメだったら、私と付き合うとか、どう？」

彼女は、ずい、と身を乗り出してくる。近い。俺は数センチ後退した。

「それは無理。俺は告白なんてしないから」

「どうしてよ」

彩楓は不満そうに口をとがらせる。

「……好きになっちゃいけない人だから、かな」

俺は苦笑いを浮かべて答えた。

「何それ……」

俺の答えに、彩楓は納得していない様子だったが、相手に関してそれ以上聞かれることはなかった。

「じゃあ、付き合ってるフリならどう？」

なおも彼女は食い下がる。

「付き合ってるフリ？」

「そう。実は私、意外とモテるんだよね」

そんな台詞《せりふ》も、彼女が言うと嫌味にならない。

「もちろん、好きになってくれるのは嬉《うれ》しいんだけど、私には好きな人がいるから、正直困っちゃうわけよ」

彼女は『好きな人』と言いながら俺を指さした。ストレートに好意をぶつけてくる彼女が眩《まぶ》しかった。

「それで?」

すでに彼女の言いたいことを理解していたにもかかわらず、俺は尋ねる。

「だから、平賀くんに彼氏のフリをしてもらえると助かるんだけどなぁ」

「なるほど」

たとえ付き合っているフリだとしても、彩楓の貴重な時間を奪ってしまうことには変わりない。

しかし、それを実行に移すことで、俺にもメリットがあるのも確かだ。彼女がいるという立場を築くことで、美緑から向けられる好意を回避できるのではないかと思った。

もちろん、美緑が俺のことを好きになるとは限らないし、俺が距離をとっている以上その可能性は薄いだろう。

しかし前の世界で、俺と美緑は結婚までしたのだ。自意識過剰だと、その可能性を最初から否定するよりは、念には念を入れるべきだと考えた。

そういった理由で彩楓の提案に乗ることは最低だとわかっていた。

だが彼女も、俺に好きな人がいることを知った上でそう言っているのだ。

迷いに迷ったが、これが正解だと自信を持って言える答えは見つからなかった。

時を巻き戻すなどという、人智を超えた力を使ってしまった瞬間から、俺はすでに間違っていたのかもしれない。そう考えると、少しだけ気が楽になる。

結局、俺は彩楓と付き合うフリをすることになった。

彼女の一途な想いに甘えることにしたのだ。

もちろん、彼女に恋人らしいことをするつもりはなかった。手をつなぐぐらいはするかもしれないが、それ以上は彼女がその気になっても、俺は拒否する。それが、俺の最低限の誠意だった。

恋愛感情のない相手と、偽りの関係とはいえ、恋人になることは心苦しかった。

時期がきたら関係の解消を切り出そう。

とにかく、これ以上罪を塗り重ねるわけにはいかなかった。


「疑って悪かったたな」

彩楓と付き合うことになったことを報告したとき、優弥は俺にそう言った。

「何をだよ」

「中学のとき、お前が柳葉のことを好きって言ったろ。すぐに嘘だって言ってたけど、まだ少しだけ、どこかで本当かもしれないって思ってた」

　胸が締めつけられる思いだった。

違うんだ。聞いてくれ。俺が好きなのは紛れもなく美緑だ。

彩楓と付き合ってるなんてのは、そもそも嘘なんだ。

彩楓のことが好きなのではなくて、美緑が俺のことを好きにならないようにするためなんだ。

勢いに任せて、全部ぶちまけてしまいたかった。しかし、それをしてしまったら、俺が今までしてきたことの意味がなくなってしまうかもしれない。

それに、そんなことをしても誰も幸せにはなれない。

この世界では俺だけが、全てを背負わなくてはいけないのだ。


夏休みが終わる少し前。美緑と付き合うことになったと、優弥から報告があった。

望み通りの展開のはずなのに、どうしようもなく心は痛んだ。


「優弥と付き合うことになったんだってね」

二学期の始業式の朝に、美緑に話しかける。

「ああ、うん。まあ……そういうことになった」

美緑は嬉しそうに、はにかんで言った。

「優弥はいいやつだから、柳葉さんのこと、きっと幸せにしてくれると思う」

それは推測でありながら、確信ともいえる予感で、俺の心の底からの願いだった。

「そんな。大げさだよ。あ、優弥がいいやつってのは私も知ってるけど。幸せとか、そういうのは……まだ付き合い始めたばっかりだし」

「ああ、ごめんごめん。あと、あいつ、たまに何も考えないで突っ走るときがあるけど、上手く制御してあげてほしい」

「制御って……ふふっ」

「何で笑うの？」

「いや、平賀くん、保護者みたいだなと思って」

「あはは。その通りかもしれない」

年齢的にもね。

「あ、柳葉さんも食べる？」

食べていたチョコレートの袋を差し出して、俺は尋ねる。

「うん。ありがとう」

美緑が微笑んで、チョコレートを一つ受け取る。

前の世界で、こうして美緑によくお菓子をあげていたことを思い出した。ダイエット中にあげようとして怒られたこともあったっけ。

「ところで、平賀くんは、彩楓とは上手くいってる？」

一瞬、呼吸ができなくなった。薄まりつつあった罪悪感が再び頭をもたげる。

「……うん。俺にはもったいないくらい。すごく良い人だよね」

紛れもなく、それは本心だった。俺にはもったいない。

だから早く、俺のことなんてどうでもよくなればいい。

「彩楓のこと、泣かせたら許さないからね」

ごめん。きっと、泣かせることになると思う。

だけど、今はそんなことを言っても、何の意味もない。

「肝に銘じておきます」

俺はなるべくおどけて見えるような表情で、そう答えた。


優弥と美緑は、案外上手くいっているらしかった。幼馴染《おさななじ》みだけあって、お互いのことをよくわかっているからだろうか。

本当は、美緑の隣にいるのは俺だったはずなのに。

それを知らないで、楽しそうにしている優弥のことを純粋に祝福することができなかった。そんな自分が、心底嫌になった。自ら選んだ道だ。情けないとわかっていても、感情は制御できない。

優弥と美緑が笑顔で会話をしているのを見るだけで、胸の奥で黒い何かがうごめくのを感じる。

前の世界では、俺がそこにいたんだ。

本当なら、美緑は俺のことを好きになるはずなんだ。

それらはあまりにも無力で、どうしようもなく無意味な事実だった。

それでも、美緑の幸せを壊さないように、あふれそうになる気持ちを押し込める。

グッとこらえて、なるべく二人を視界に入れないように努めた。

人の気持ちは、どこでどう動くかなんて予測不可能だ。何かの間違いで、この世界で美緑が俺に好意を抱いてしまうこともあり得る。

というのはもしかすると、微かな期待だったのかもしれない。決して抱いてはいけない類の。

彩楓と仮の恋人同士になるという選択をしたのも、美緑に自分のことを見てほしかったからなのだろうか。自分で、自分の気持ちがわからなくなってくる。


だから俺は、できる限り美緑に接触しないようにした。

それでも彼女が幸せかどうかを確認していたくて、話す機会もそれなりにあった。

嫌なヤツと思われるのが一番簡単だとも思ったけれど、彼女に嫌われるのはやっぱり怖くて、無表情でよくわからない人を演じた。

本当は、彼女から向けられる笑顔に、俺も笑顔で応えたかった。

俺が好きになったのは、前の世界の美緑で、今の美緑じゃない。

そう言い聞かせてみても、やっぱり心は苦しくて――。


高校の勉強はさすがに難しい。上々な成績を保つには、ある程度勉強が必要だった。特に歴史や古典など、試験前日に一夜漬けでどうにかしていたものは、順位が半分より下になってしまうこともあった。

部活には入らなかった。走ることは嫌いではないが、今さら青春を謳歌《おうか》する気にはなれなかった。

十一年の時を巻き戻した俺の寿命は、五十五年削られている。巻き戻した時点で二十六歳だったので、合計で八十一歳。脳や体の機能なんかは高校生の状態だったが、年齢で言えば男性の平均寿命だ。

俺の命はもう、いつ消えてもおかしくはないのだ。

放課後や休日は、基本的に一人だった。

力を使う前の世界での記憶を頼りに、美緑が気に入っていた映画を観てみたり、美緑が読んでいた本を読んでみたりして過ごした。

俺を愛してくれていた彼女の軌跡をなぞるみたいに。

彩楓と出かけることもあったが、それも月に一回か二回程度だった。

つまらなそうにしている俺といても、彩楓は笑顔だった。

俺の二度目の高校生活は、一度目に比べて暗く淀《よど》んだ色をしていた。

幸せだったあの日々が詰まったロケットペンダントを、何度も見返して、折れそうになる心を奮い立たせた。

5

いい加減にけじめをつけなくてはならない。

俺は大学進学を機に、彩楓との関係を解消することにした。

最後まで恋愛感情は持てなかったけれど、彩楓には幸せになってほしいんだ。

そんなふうに別れを切り出したときの、彼女の悲しそうな表情が脳裏に焼きついて、しばらく消えないでいた。

砂生彩楓は、俺から見ても十分に魅力的な人だった。

どうか、ちゃんと幸せになってほしい。できればその姿を見届けたいと、身勝手な考えかもしれないけれど、俺は思った。

大学では勉強に励んだ。

前の世界の俺が通っていた大学よりも、数ランク高いところに合格した。

理工学部で、通信技術の研究に熱中した。

もしかすると、元々研究者向きだったのかもしれない。


大学四年生の夏。俺は一つの大きな選択をした。

俺が十一年の時を巻き戻してここにいることを、ついに優弥に打ち明けたのだ。

駅前のカフェで、俺と優弥は向かい合って座っていた。猫の姿をした神様を助けて時を巻き戻す力を手に入れたことや、美緑が死んでしまったこと、十一年の時を遡《さかのぼ》って過去を改変したことを、俺はゆっくり話した。

優弥は、最初は「お前にしては面白い冗談だな」なんて笑っていたけれど、俺が真剣な顔を崩さないせいで、徐々に表情はこわばっていった。

「冗談なら、今のうちに冗談だって言ってくれよ」

「これを、見てほしいんだ」

俺はポケットからロケットペンダントを取り出して、優弥に差し出した。

「何だよ、これ」

ペンダントを受け取った優弥が、それを開く。

俺と美緑が写った写真を見ると、目を丸くして固まった。

「加工とかじゃ……ないのか？」

「そんな手の込んだこと、するわけないだろ」

最終的には、疑うことなく信じてくれたみたいだった。

中学のとき、特に時間を戻してすぐの頃。そのときの俺の様子がおかしかったことも、俺の話を信じる材料になったようだ。

時を巻き戻す力の副作用について、つまり、俺の寿命がもう残り少ないことも包み隠さずに話した。

「何だよそれ！　ふざけんなよ！」

優弥の大声に、周りの客が何事かとこちらを見る。

「落ち着けって」

両手を開いて、立ち上がっている優弥を座るよう促す。

「落ち着けるわけねえだろ！　何でそんなこと……」

静かなトーンではあるが、しっかりと声に怒りが滲《にじ》んでいた。

どの部分に怒っているのかわからなかった。

俺が寿命を削ってまで美緑を救おうとしたこと。

俺が美緑と結婚までしていたこと。

それらのことを、今優弥に話したこと。

きっと彼は、その全部に怒っているのだろう。

さんざん悩んで打ち明けたはずなのに、話した後も、結局これでよかったのかわからなくなった。

それどころか、どうして彼に言ってしまったのだろうと、後悔することも一度や二度では済まないだろう。

きっと、正解なんてないのだけれど。

優弥がこの先、美緑を傷つけるようなことはないと思うが、俺の想いを背負っているということも知っておいてほしかったのだ。

結局は、ただの自己満足でしかない。俺は激しく落ち込んだ。

「一つ、頼みがある」

俺は切り出した。

「内容による」

優弥はその内容に、うすうす気づいていたのかもしれない。

「そのペンダント、優弥に持っていてほしいんだ。で、俺がいなくなったら、処分してほしい」

たぶん、俺にはもう時間がない。

美緑が幸せであれば、それでよかったはずなのに。

俺がこの世界からいなくなるときに、俺の抱えた想いまで、一緒になくなってしまうのが怖かった。

死を間近に感じて、俺は何が正しいのかわからなくなっていた。

「ダメか？」

「……」

何かを考えるような表情で、優弥は黙り込む。

一分ほど経って、ようやく口を開いた。

「わかった」

静謐《せいひつ》ながら、たしかに決意を秘めた声で、優弥は言った。

言いたいことは色々あっただろうけど、優弥はそれをすべて飲み込んで、俺のわがままを承諾してくれた。

優弥にそれを渡すということは、美緑に見られてしまう危険性が高まることを意味する。危ない橋を渡っていることはわかっていた。

けれども、そうせずにいられないくらいに、俺は弱っていたのだ。

あるいは心のどこかで、俺がしたことを、美緑に気づいてほしかったのかもしれない。

その年の秋に、美緑が変な男に声をかけられている場面に遭遇し、助けたことがあった。

そのとき、優弥の様子が変だということを相談された。おそらく、俺があんなことを話したせいだ。

美緑の悲しそうな顔を見ているのがつらくて、全部打ち明けて、抱きしめそうになってしまう。

けれど、今ここにいる美緑は、前の世界で俺と結婚した美緑ではない。

今の美緑は、幼馴染《おさななじ》みの黒滝優弥のことが好きで、ただの友人である平賀大地のことなど、何とも思っていないのだ。

仮に。もし仮に——彼女が俺を選んでくれたとして。

俺は力の副作用で、もう長くは生きられない。五十五年分の寿命が失われているのだ。力を使う前の年齢と、力を使った後の年月、全てを合わせて八十八年。

すでに、いつ天からの迎えが来てもおかしくない年齢だ。いや、俺が連れていかれるのは、おそらく地獄なのだろうけれど。

美緑がこの世を去ったときの暗く深い絶望は、今でも心に刻まれている。そんな思いを彼女にはさせたくない。今までもその一心で、俺は死に向かって生きてきた。好きな人を失う絶望を知っているからこその選択だった。

優弥になら、美緑を任せられる。

優弥となら、美緑は幸せになれる。

帰り道、俺は祈るように心の中で繰り返した。

6

あれから連絡をとっていなかった優弥から、結婚式の招待状が届いた。

急ぎすぎているような気がしたけれど、すぐに俺のせいだと理解する。

優弥はもう、全て知っているのだ。

俺が美緑の幸せを願っていることも、俺の命が、いつ朽ちてもおかしくはないということも。

きっと、俺を安心させようと思ったのだろう。優弥は昔からそういうやつだった。

迷ったが、式には出席することにした。

「ありがとな。来てくれて」

結婚式の当日、ライトグレーのタキシードに身を包んだ優弥が言った。その言葉の裏には、他の誰も知らない想いがある。

「いや、礼を言うのはこっちだ。本当にありがとう」

俺の想いも、優弥は正確に読み取ったようだ。

「ああ。任せとけ。絶対に幸せにする」

「当たり前だ。ああ、それと——」

「心配すんな。美緑には言わないから」

俺の言いたいことを先読みして、優弥は答えた。

彩楓も結婚式には出席していた。別れを告げたときの涙が嘘のように、気さくに話しかけてきて、彼女の強さを改めて認識する。


美緑のウェディングドレス姿を見るのは二度目だった。

前と今とでは、俺が立っている位置は、決定的に違っていたけれど。

幸せな二人の姿を、目に焼きつける。

そこにはたしかに、俺の願いがあった。

こぼれそうになる涙をこらえる。

生まれてきてくれて、ありがとう。

俺に生きる意味をくれて、ありがとう。
どうか、何も知らないまま、永遠に幸せでありますように。
たとえ、人生を何度やり直したとしても——俺は君のことを好きになる。
愛する人がこの上ない笑顔でいてくれるだけで、他にはもう何も要らなかった。
披露宴で、たくさんの人に愛されている優弥と美緑の姿を見つめて——。
そこで、俺の意識は途切れた。

エピローグ

美緑が優弥と結婚してから数年が経った。

二人は、どこにでもいるような、ごく普通の幸せな夫婦として、小さな喧嘩《けんか》もたまにしながらつつましく暮らしている。


暖かい太陽の光が射し込む四月の土曜日。

その日、優弥は仕事に出ていた。

優弥は大学院を卒業後、大手の電子機器メーカーに就職した。

最近は大きめの仕事も任せてもらえるようになったらしく、生き生きとしている。

今日も土曜日にもかかわらず、平日と同じ時間に会社へ向かった。

幼稚園へ勤めている美緑は休みで、家事をしていた。

食器を洗い、溜《た》まった洗濯物を干し終え、掃除に取りかかる。

仕事に行く優弥を見送るために、朝はいつも通りの時間に起きた。そのため、普段の休日よりも時間に余裕がある。

いつもは手をつけないような、細かいところまで綺麗《きれい》にすることに決めた。

美緑はタンスと壁の隙間や、窓のサッシ、洗面所などを掃除していく。

リビングの隅にある優弥の机が目に入った。中央にはパソコンが置かれていて、奥には難しそうな本が並んでいる。

机の上が散らかっているわけではないが、少し埃《ほこり》っぽかったため、軽く掃除機をかけることにした。

机には引き出しがついているが、優弥が開け閉めしているところを、美緑は見たことがなかった。

中には何が入っているのだろうか……。

結婚してから三年以上が過ぎた。もうお互いに見られたくないものもないだろうと、そう思った美緑は、優弥の机の引き出しを開ける。

様々なサイズ、形のものが、規則性なく詰め込まれていた。

「あ……」

中学三年生のときに、美緑が優弥からもらったお守りと同じものを見つけた。

他にも、付き合って初めてのバレンタインデーに渡したチョコレートの包装紙や、デートで行った水族館の入場チケットなんかも入っていた。

「懐かしいな……」

思わず、そんな独り言が漏れた。

その空間は、美緑との思い出であふれていた。

一つひとつ手に取って、思い出に浸る。

眺めていると、意識することなく頬が緩んだ。

「ん？」

引き出しの一番奥。ただ一つだけ、見覚えのないものが入っていた。

淡いブルーのロケットペンダント。

美緑はそれを手に取り、持ち上げてみる。

今までの優弥とのことを思い出してみても、心当たりはない。

それなのに、なぜかとても懐かしい気持ちになる。

中には何が入っているのだろう。まったく想像がつかない。

「優弥、ごめんね」

勝手に覗《のぞ》くのはよくないとわかっていたけれど、見れば思い出すかもしれないと考え、美緑はペンダントを開ける。

中に入っていたのは、美緑の写真だった。ウェディングドレスを着て、幸せそうに微笑んでいる。

「何……これ」

撮った覚えもないし、心当たりもない。しかも、今の美緑と少し雰囲気が違っているような気がした。

さらに、隣にいるのは――。

「平賀……くん？」

あの日――美緑と優弥の結婚式の途中で突然倒れ、搬送先の病院で亡くなったはずの平賀大地が、タキシードを着て、美緑の隣で微笑んでいた。

何が何だかわからない。

頭の中は疑問符だらけだった。

ふと気配を感じ、窓際に視線を移す。

黒猫が、じっとこちらを見ていた。

「にゃあ」

と鳴いた声が、窓越しなのに、はっきりと聞こえて――。

次の瞬間、ペンダントが青く光った。

輝きは大きくなっていく。

美緑は動けなかった。混乱しながらも、その光に優しさを感じた。

――美緑。

彼女の名前を呼ぶ声が、頭の中に響いた。静かで理性的で、それでいて温かく優しい。

その声の主は——。

「大……地？」

口から自然にこぼれる。今まで一度も、平賀大地のことを名前で呼んだことなどないのに。

光は想いとなり、美緑へと流れ込んでくる。

映像が。

声が。

祈りが。

愛が。

平賀大地と結ばれ、幸せな生活を送っていた日々。

過去ではなく、未来でもない。

美緑が生きているこの世界とは異なる、言うなれば、パラレルワールドのような。

しかしそれは、紛れもなく存在した世界で。

「そんな……」

美緑は、全てを知ってしまった。

平賀大地が全てを投げ出して、美緑の命をつないだことを。
この世界で彼は、ずっと美緑を見守ってくれていたことを。
——柳葉さんも食べる？
——美緑も食べる？
お菓子の袋を差し出す大地の、楽しそうな表情が。
——優弥はいいやつだから、柳葉さんのこと、きっと幸せにしてくれると思う。
——好きです。
真っ直ぐに美緑を見つめる大地の、真剣な瞳《ひとみ》が。
——おめでとう。末永くお幸せに。
——俺が、美緑のことを幸せにします。結婚してください。
別々の世界で異なる関係性を築いた大地の、美緑の幸せを願った言葉に。
——ありがとう。末永く幸せになります。
——うん。二人で幸せになろうね。

美緑がそう答えたときの、ほっとしたような大地の笑顔が。

——柳葉さん。

——美緑。

愛する人の名前を呼ぶ大地の声が。

一つに重なって、美緑の心をめちゃくちゃにかき回す。


「バカじゃないの？　どうしてそんなこと……。結局、自分が死んじゃってるし。それじゃあ、意味ないじゃん。ねぇ、何してるの？」

もちろん、返事はない。部屋には美緑だけだ。

「ただの友達のフリなんかしちゃってさ。ホント、バカみたい。全然、気づかなかった。……私もバカだね」

大地への愛しさが、何も知らずに彼を死なせてしまった後悔が、涙になってあふれてくる。

「ごめん。ごめんね……大地。私……うっ……」

言葉にならない想いは、嗚咽《おえつ》となって宙に溶けていく。

泣き止んだ後も、美緑はペンダントを握りながら、空っぽになったように呆然《ぼうぜん》と座っていた。

どれくらいそうしていただろうか。

気がつけば、窓の外は暗くなっていた。猫もいなくなっている。


「ただいま」

ドアが開く音がして、夫である黒滝優弥が帰ってきた。

「……美緑？」

応答がないことを心配に思ったらしい優弥は、焦ったような足取りで部屋に入ってくる。

「あ、優弥……」

上手く声が出なかった。何を言うべきか、どういう行動をとるべきか、何もわからなくて、美緑は困ったような表情を優弥に向ける。

「美緑、それ……」

優弥は美緑が持っているペンダントを見ると、目を丸くした。

「どうしよう。私……」

再び、美緑の目に涙があふれてくる。

泣きじゃくる美緑を、優弥は何も言わずに抱きしめた。包み込むように、強く。

「ごめん」

彼の口にした「ごめん」には、どんな意味が込められているのだろう。

おそらく、優弥はこのことを知っていた。知っていて、黙っていた。

「私は、平賀くんのことが好きだったの？」

言葉を発してから、とても残酷な質問だったことに気づいた。

しかし、優弥は真摯《しんし》に答えを返す。

「ああ。大地は美緑のことが好きだったし――美緑も、大地のことが好きだった」

優弥の苦しそうな表情を見て、美緑の胸はキュッと音を立てて痛んだ。

「でも、それは別の世界の話だ。今は違う。今、美緑の傍にいるのは俺だ。だから、自分を責めないでほしい」

優弥の真っ直ぐな視線に射貫かれる。

「あいつは――」

優弥は、平賀大地がしてきたことを美緑に説明した。

それは美緑が先ほど、不思議な現象によって認識した通りだった。

平賀大地は、自らの命を犠牲にして、美緑を救った。

「この写真も、大地には処分してくれって言われてたんだ」

優弥は優しく、美緑の背中をさする。

「でも、処分するなんてできなかった。こんなことになるなら、もっと見つからないところに置いておけばよかったのかもな」

返事ができない。どう答えればいいのかもわからない。

「……いや。俺は、美緑に知ってほしかったのかもしれない。大地の覚悟とか、気持ちとか。そういうものを」

きっと、気づかない方が、何も知らないままでいた方が、幸せだったのだろう。

しかし美緑は、どうしようもなく理解してしまった。

美緑が大地を好きで、大地もまた美緑を好きだった。そんな世界が存在することを。

そして今、美緑が生きているこの世界でも、大地は――。

今さらそれを知ったところで、彼はもう、この世にいない。

ただただ、悲しくてつらかった。

「……美緑」

優弥がささやくように言った。

彼も悲しそうな顔をしている。

「何で、平賀くんは……こんなこと」

「あいつは、美緑に幸せになってほしかったんだ。ただ、それだけだった」

まるで自分に言い聞かせるように、優弥は言った。

「うん」

美緑は震える声で返事をする。

「だから、俺は美緑を幸せにしなくちゃいけないんだ」

「……うん」

大地の一途な想いに応えるためには、美緑は幸せにならなくてはいけない。

それは理解できる。理解はできるけれど、感情が追いつかなかった。

今さらどうしようもないことなのだと、簡単に割り切ることなどできない。

平賀大地の本当の気持ちを、彼のしてきたことを知ってしまった。

事実を知ったからといって、優弥への気持ちが嘘になるわけでもない。

美緑は優弥の腕の中で、涙を流し続けた。

しばらくして、優弥が口を開いた。

「俺はずっと、美緑のことが好きだった。今もそうだし、これから先だって好きだ」

こうして、今の自分を幸せにしようとしてくれている人がいる。

それだけは、痛いほどにわかる。

「ありがとう。優弥」

手に持ったままの、美緑と大地の写った写真の入ったペンダントを強く握る。

命を懸けて、自分を愛してくれた人がいた。

そのことを忘れないでいようと、強く誓う。

涙が止まるまで、優弥は何も言わずに、美緑のことを抱きしめ続けた。


「ねえママ」

「どうしたの？」

洗濯物をたたんでいた美緑は、手を止めて振り返る。

「この人だれ？」

五歳になったばかりの息子、優斗《ゆうと》が、ペンダントに入れられた大地の写真を美緑に向けて尋ねる。どうやら、優弥の部屋を漁っていて見つけたらしい。

美緑が真実を知ってから、すでに七年が経っていた。

平賀大地のことを、美緑は一日たりとも忘れたことはなかった。

「ママの大切な人だよ」

どう説明しようか考える前に、そんな答えが、美緑の口からこぼれた。

「パパよりも？」

優斗は少し不安そうな表情になる。

「う〜ん。それは比べられないかな。それに、その人は、パパにとっても大切な人なんだ」

「そうなの？」

「そうだよ。だから、優斗にとっても大切な人」

「ふぅん」

優斗はペンダントを閉じてその場にそっと置くと、眠くなったのか、美緑の膝《ひざ》に頭を乗せてきた。優斗の頭を撫《な》でると、愛おしさがこみあげてくる。

美緑は床からペンダントを拾って、再び開く。

美緑を救うため、未来から時間を巻き戻してやってきて、現実を塗り替え、何も告げずにこの世界から消えてしまった平賀大地が、美緑の隣で笑っている。

初めてその写真を見て、衝撃を受けてからの七年間。美緑の心の片隅には、常に大地が居座り続けてきた。

そして、この七年間で変化したこともある。

ゆっくりと長い時間をかけて、美緑は大地が祈った幸せを、無理なく受け入れられるようになった。

守るべき大切な家族も増えた。

今なら、自分は幸せだと胸を張って言える。

あのとき全てを知ってしまった美緑は、悲しみの涙で頬を濡《ぬ》らしたけれど。

その中で、わずかに感じた幸福と希望を、大切に胸にしまって育ててきた。

今はもう、後悔も哀惜も無意味で。

前を向いて、未来へ進むことを決めた。

大地が与えてくれた温かさと幸せに包まれた日々を、優弥と共に、守り続けていこうと思う。

あとがき

初めまして。もしくは、いつもありがとうございます。蒼山皆水《あおやまみなみ》です。

というわけで、デビュー作『もう一度人生をやり直したとしても、また君を好きになる。』が文庫になりました。嬉《うれ》しい！

文庫サイズになったことで、お求めやすく、持ち運びやすく、気軽におすすめしやすくなりました。とっても嬉しい！

思い返せば、単行本での出版のときは、本の形になることが嬉しくて、だけど同時に不安も抱えていました。ですが、たくさんの人から「面白かった！」と言ってもらえたことで、今はあのときよりも純粋に喜べているような気がします。

文庫で初めて読んだ人にも、楽しんでもらえるといいなぁ。

どうか、もっとたくさんの人に届きますように……。

そんな願いを込めて、あとがきを書いています。

謝辞《しゃじ》です。

この作品を見つけてくださった編集部の皆さん。

右も左も上も下もわからず、初めての書籍化であたふたしていた私に、丁寧に色々と教えてくださった担当さん。

私の拙《つたな》い原稿を、一冊の本としてより良いものにしてくださった校正さん、デザイナーさん。

出版不況と言われる中、それでも読者に本を届けるために頑張ってくださっている、全国の書店員さん、取次さん。

表紙を素敵なイラストで彩ってくださったふすいさん。

いつも一緒に焼き肉を食べに行ってくれる創作仲間の皆さん。

そして何より、読者の皆さん。

新人だった私の作品を、買ってくれた人。読んでくれた人。推してくれた人。感想を書いてくれた人。

こうして文庫という新しい形で刊行できるのは、間違いなく、あなたのおかげです。

とにかく、この本に関わってくださった方々には、感謝してもしきれません。

本当にありがとうございます。

ありがとうございます、などという言葉では全然足りないので、これからもたくさんの物語を紡《つむ》いでいくことで、恩返しができればいいなと思っております。

温かく見守っていていただければ幸いです。

本書は、二〇二〇年七月に小社より刊行された
単行本を加筆修正のうえ、文庫化したものです。

もう一《いち》度《ど》人《じん》生《せい》をやり直《なお》したとしても、また君《きみ》を好《す》きになる。

蒼《あお》山《やま》皆《みな》水《み》

令和6年 7月25日　初版発行

発行者●山下直久

発行●株式会社KADOKAWA
〒102-8177　東京都千代田区富士見2-13-3
電話　0570-002-301(ナビダイヤル)

角川文庫 24244

印刷所●株式会社暁印刷
製本所●本間製本株式会社

表紙画●和田三造

ISBN 978-4-04-115112-9　C0193

角川文庫発刊に際して

角川源義

第二次世界大戦の敗北は、軍事力の敗北であった以上に、私たちの若い文化力の敗退であった。私たちの文化が戦争に対して如何に無力であり、単なるあだ花に過ぎなかったかを、私たちは身を以て体験し痛感した。西洋近代文化の摂取にとって、明治以後八十年の歳月は決して短かすぎたとは言えない。にもかかわらず、近代文化の伝統を確立し、自由な批判と柔軟な良識に富む文化層として自らを形成することに私たちは失敗して来た。そしてこれは、各層への文化の普及滲透を任務とする出版人の責任でもあった。

一九四五年以来、私たちは再び振出しに戻り、第一歩から踏み出すことを余儀なくされた。これは大きな不幸ではあるが、反面、これまでの混沌・未熟・歪曲の中にあった我が国の文化に秩序と確たる基礎を齎らすためには絶好の機会でもある。角川書店は、このような祖国の文化的危機にあたり、微力をも顧みず再建の礎石たるべき抱負と決意とをもって出発したが、ここに創立以来の念願を果すべく角川文庫を発刊する。これまで刊行されたあらゆる全集叢書文庫類の長所と短所とを検討し、古今東西の不朽の典籍を、良心的編集のもとに、廉価に、そして書架にふさわしい美本として、多くのひとびとに提供しようとする。しかし私たちは徒らに百科全書的な知識のジレッタントを作ることを目的とせず、あくまで祖国の文化に秩序と再建への道を示し、この文庫を角川書店の栄ある事業として、今後永久に継続発展せしめ、学芸と教養との殿堂として大成せんことを期したい。多くの読書子の愛情ある忠言と支持とによって、この希望と抱負とを完遂せしめられんことを願う。

一九四九年五月三日

優しい死神は、君のための嘘をつく

望月くらげ

少女と死神の切ないラブストーリー

「はじめまして、僕は死神です」病室で目を覚ました真尋は、突然現れた死神から30日以内に命が尽きることを告げられる。今まで入退院を繰り返している真尋にとって、「死」は怖くないはずだった。しかし不器用だけど優しい死神と言葉を交わすうち、真尋は彼に惹かれていく。だが無情にも運命の日を迎えた真尋に、死神は今までついていた"嘘"を告白しはじめ——。これは決して結ばれることのない２人の切ないラブストーリー。

角川文庫のキャラクター文芸

ISBN 978-4-04-114298-1